《蘇州全書》編纂出版委員會 編

蘇州全書

甲編

·吳都文粹

古吳軒出版社
蘇州大學出版社

圖書在版編目（CIP）數據

吳都文粹 / (宋) 鄭虎臣編 . -- 蘇州 : 古吳軒出版社 : 蘇州大學出版社 , 2023.11
（蘇州全書）
ISBN 978-7-5546-2190-5

Ⅰ . ①吳… Ⅱ . ①鄭… Ⅲ . ①宋詩－詩集②宋詞－選集 Ⅳ . ① I222

中國國家版本館 CIP 數據核字（2023）第 163839 號

責任編輯 黄菲菲
裝幀設計 周 晨 李 璇
責任校對 戴玉婷

書　　名 吳都文粹
編　　者 〔宋〕鄭虎臣
出版發行 古吳軒出版社
地址：蘇州市八達街118號蘇州新聞大厦30F　電話：0512-65233679
蘇州大學出版社
地址：蘇州市十梓街1號　電話：0512-67480030
印　　刷 常州市金壇古籍印刷廠有限公司
開　　本 889 × 1194　1/16
印　　張 63.5
版　　次 2023 年 11 月第 1 版
印　　次 2023 年 11 月第 1 次印刷
書　　號 ISBN 978-7-5546-2190-5
定　　價 520.00 元（全二册）

《蘇州全書》編纂工程

總主編

劉小濤　吳慶文

學術顧問（按姓名筆畫爲序）

王　芳　王　宏　王　堯　王　鍔　王紅蕾　王華寶　王爲松　王衛平
王餘光　王鍾陵　朱棟霖　朱誠如　任　平　全　勤　江慶柏　江澄波
汝　信　阮儀三　杜澤遜　李　捷　吳　格　吳永發　何建明　言恭達
沈坤榮　沈燮元　武秀成　范小青　范金民　茅家琦　周　秦　周少川
周國林　周勛初　周新國　胡可先　胡曉明　姜　濤　姜小青　韋　力
姚伯岳　馬亞中　袁行霈　華人德　莫礪鋒　徐　俊　徐　海　徐　雁
徐惠泉　徐興無　唐力行　陸振嶽　陸儉明　陳子善　陳正宏　陳尚君
陳紅彥　陳廣宏　黃愛平　黃顯功　崔之清　張乃格　張志清　張伯偉
張海鵬　葉繼元　葛劍雄　單霽翔　程章燦　程毅中　喬治忠　鄔書林
賀雲翱　詹福瑞　趙生群　廖可斌　熊月之　樊和平　劉　石　劉躍進
閻曉宏　錢小萍　戴　逸　韓天衡　嚴佐之　顧　薌

《蘇州全書》編纂出版委員會

前言

中華文明源遠流長，文獻典籍浩如烟海。這些世代累積傳承的文獻典籍，是中華民族生生不息的文脉和根基。蘇州作爲首批國家歷史文化名城，素有『人間天堂』之美譽。自古以來，這裏的人民憑藉勤勞和才智，創造了極爲豐厚的物質財富和精神文化財富，使蘇州不僅成爲令人嚮往的『魚米之鄉』，更是實至名歸的『文獻之邦』，爲中華文明的傳承和發展作出了重要貢獻。

蘇州被稱爲『文獻之邦』由來已久，早在南宋時期，就有『吴門文獻之邦』的記載。宋代朱熹云：『文，典籍也；獻，賢也。』蘇州文獻之邦的地位，是歷代先賢積學修養、劬勤著述的結果。明人歸有光《送王汝康會試序》云：『吴爲人材淵藪，文字之盛，甲於天下。』朱希周《長洲縣重修儒學記》亦云：『吴中素稱文獻之邦，蓋子游之遺風在焉，士之嚮學，固其所也。』《江蘇藝文志·蘇州卷》收録自先秦至民國蘇州作者一萬餘人，著述達三萬二千餘種，均占江蘇全省三分之一强。古往今來，蘇州曾引來無數文人墨客駐足流連，留下了大量與蘇州相關的文獻。時至今日，蘇州仍有約百萬册的古籍留存，入選『國家珍貴古籍名録』的善本已達三百一十九種，位居全國同類城市前列。其中的蘇州鄉邦文獻，歷宋元明清，涵經史子集，寫本刻本，交相輝映。此外，散見於海内外公私藏家的蘇州文獻更是不可勝數。它們載録了數千年傳統文化的精華，也見證了蘇州曾經作爲中國文化中心城市的輝煌。

蘇州文獻之盛得益於崇文重教的社會風尚。春秋時代，常熟人言偃就北上問學，成爲孔子唯一的南方弟子。歸來之後，言偃講學授道，文開吴會，道啓東南，被後人尊爲『南方夫子』。西漢時期，蘇州人朱買臣負薪讀書，穹窿山中至今留有其『讀書臺』遺迹。兩晉六朝，以『顧陸朱張』爲代表的吳郡四姓涌現出大批文士，在不少學科領域都貢獻卓著。及至隋唐，蘇州大儒輩出，《隋書·儒林傳》十四人入傳，其中籍貫吳郡者二人；《舊唐書·儒學傳》三十四人入正傳，其中籍貫吳郡（蘇州）者五人。文風之盛可見一斑。北宋時期，范仲淹在家鄉蘇州首創州學，並延名師胡瑗等人教授生徒，此後縣學、書院、社學、義學等不斷興建，蘇州文化教育日益發展。故明人徐有貞云：『論者謂吾蘇也，郡甲天下之郡，學甲天下之學，人才甲天下之人才，偉哉！』在科舉考試方面，蘇州以鼎甲萃集爲世人矚目，清初汪琬曾自豪地將狀元稱爲蘇州的土産之一，有清一代蘇州狀元多達二十六位，占全國的近四分之一，由此而被譽爲『狀元之鄉』。近現代以來，蘇州在全國較早開辦新學，發展現代教育，涌現出顧頡剛、葉聖陶、費孝通等一批大師巨匠。中華人民共和國成立後，社會主義文化教育事業蓬勃發展，蘇州英才輩出、人文昌盛，文獻著述之富更勝於前。

蘇州文獻之盛受益於藏書文化的發達。蘇州藏書之風舉世聞名，千百年來盛行不衰，具有傳承歷史長、收藏品質高、學術貢獻大的特點，無論是卷帙浩繁的圖書還是各具特色的藏書樓，以及延綿不絶的藏書傳統，都成爲中華文化重要的組成部分。據統計，蘇州歷代藏書家的總數，高居全國城市之首。南朝時期，蘇州就出現了藏書家陸澄，藏書多達萬餘卷。明清兩代，蘇州藏書鼎盛，絳雲樓、汲古閣、傳是樓、百宋一廛、藝芸書舍、鐵琴銅劍樓、過雲樓等藏書樓譽滿海内外，彙聚了大量的珍貴文獻，對古代典籍的收藏保護厥功至偉，亦於文獻校勘、整理裨益甚巨。《舊唐書》自宋至明四百多年間已難以考覓，直至明嘉靖十七年（一五三八），聞人詮在蘇州爲官，搜討舊籍，方從吳縣王延喆家得《舊唐書》『紀』和『志』部分，從長洲張汴家得《舊唐書》『列傳』部分，『遺籍俱出宋時模板，旬月之間，二美璧合』，于是在蘇州府學中槧刊，《舊唐書》自此得以彙而成帙，復行於世。清代嘉道年間，蘇州黄丕烈和顧廣圻均爲當時藏書名家，且善校書，『黄跋顧校』在中國文獻史上影響深遠。

蘇州文獻之盛也獲益於刻書業的繁榮。蘇州是我國刻書業的發祥地之一，早在宋代，蘇州的刻書業已經發展到了相當高的水平，至今流傳的杜甫、李白、韋應物等文學大家的詩文集均以宋代蘇州官刻本爲祖本。宋元之際，蘇州磧砂延聖院還主持刊刻了中國佛教史上著名的《磧砂藏》。明清時期，蘇州成爲全國的刻書中心，所刻典籍以精善享譽四海，明人胡應麟有言：『凡刻之地有三，吴也、越也、閩也。』他認爲『其精，吴爲最』，『其直重，吴爲最』。又云：『余所見當今刻本，蘇常爲上，金陵次之，杭又次之。』清人金埴論及刻書，仍以胡氏所言三地爲主，則謂『吴門爲上，西泠次之，白門爲下』。明代私家刻書最多的汲古閣、清代坊間刻書最多的掃葉山房均爲蘇州人創辦，晚清時期頗有影響的江蘇官書局也設於蘇州。據清人朱彝尊記述，汲古閣主人毛晉『力搜秘册，經史而外，百家九流，下至傳奇小説，廣爲鏤版，由是毛氏鋟本走天下』。由於書坊衆多，蘇州還産生了書坊業的行會組織崇德公所。明清時期，蘇州刻書數量龐大，品質最優，裝幀最爲精良，爲世所公認，國内其他地區不少刊本也都冠以『姑蘇原本』，其傳播遠及海外。

蘇州傳世文獻既積澱着深厚的歷史文化底藴，又具有穿越時空的永恒魅力。從范仲淹的『先天下之憂而憂，後天下之樂而樂』，到顧炎武的『天下興亡，匹夫有責』，這種胸懷天下的家國情懷，早已成爲中華民族精神的重要組成部分，傳世留芳，激勵後人。南朝顧野王的《玉篇》，隋唐陸德明的《經典釋文》、陸淳的《春秋集傳纂例》等均以實證明辨著稱，對後世影響深遠。明清時期，馮夢龍的《喻世明言》《警世通言》《醒世恒言》，在中國文學史上掀起市民文學的熱潮，具有開創之功。吴有性的《温疫論》、葉桂的《温熱論》，開温病學研究之先河。蘇州文獻中藴含的求真求實的嚴謹學風、勇開風氣之先的創新精神，已經成爲一種文化基因，融入了蘇州城市的血脉。不少蘇州文獻仍具有鮮明的現實意義。明代費信的《星槎勝覽》，是記載歷史上中國和海上絲綢之路相關國家交往的重要文獻。鄭若曾的《籌海圖編》和徐葆光的《中山傳信録》，爲釣魚島及其附屬島嶼屬於中國固有領土提供了有力證據。魏良輔的《南詞引正》、嚴澂的《松絃館琴譜》、計成的《園冶》，分别是崑曲、古琴及園林營造的標志性成果，這些藝術形式如今得以名列世界文化遺産，與上述名著的嘉惠滋養密不可分。

維桑與梓，必恭敬止；文獻流傳，後生之責。蘇州先賢向有重視鄉邦文獻整理保護的傳統。方志編修方面，范成大《吴郡志》爲方志創體，其後名志迭出，蘇州府縣志、鄉鎮志、山水志、寺觀志、人物志等數量龐大，構成相對完備的志書系統。地方總集方面，南宋鄭虎臣輯《吴都文粹》、明錢穀輯《吴都文粹續集》、清顧沅輯《吴郡文編》先後相繼，收羅宏富，皇皇可觀。常熟、太倉、崑山、吴江諸邑，周莊、支塘、木瀆、甪直、沙溪、平望、盛澤等鎮，均有地方總集之編。及至近現代，丁祖蔭彙輯《虞山叢刻》《虞陽説苑》，柳亞子等組織『吴江文獻保存會』，爲搜集鄉邦文獻不遺餘力。江蘇省立蘇州圖書館於一九三七年二月舉行的『吴中文獻展覽會』規模空前，展品達四千多件，並彙編出版吴中文獻叢書。然而，由於時代滄桑，圖書保藏不易，蘇州鄉邦文獻中『有目無書』者不在少數。同時，囿於多重因素，蘇州尚未開展過整體性、系統性的文獻整理編纂工作，許多文獻典籍仍處於塵封或散落狀態，没有得到應有的保護與利用，不免令人引以爲憾。

進入新時代，黨和國家大力推動中華優秀傳統文化的創造性轉化和創新性發展。習近平總書記强調，要讓收藏在博物館裏的文物、陳列在廣闊大地上的遺産、書寫在古籍裏的文字都活起來。二〇二二年四月，中共中央辦公廳、國務院辦公廳印發《關於推進新時代古籍工作的意見》，確定了新時代古籍工作的目標方向和主要任務，其中明確要求『加强傳世文獻系統性整理出版』。盛世修典，賡續文脉，蘇州文獻典籍整理編纂正逢其時。二〇二二年七月，中共蘇州市委、蘇州市人民政府作出編纂《蘇州全書》的重大决策，擬通過持續不斷努力，全面系統整理蘇州傳世典籍，着力開拓研究江南歷史文化，編纂出版大型文獻叢書，同步建設全文數據庫及共享平臺，將其打造爲彰顯蘇州優秀傳統文化精神的新陣地，傳承蘇州文明的新標識，展示蘇州形象的新窗口。

『睹喬木而思故家，考文獻而愛舊邦。』編纂出版《蘇州全書》，是蘇州前所未有的大規模文獻整理工程，是不負先賢、澤惠後世的文化盛事。希望藉此系統保存蘇州歷史記憶，讓散落在海内外的蘇州文獻得到挖掘利用，讓珍稀典籍化身千百，成爲認識和瞭解蘇州發展變遷的津梁，並使其中藴含的積極精神得到傳承弘揚。

觀照歷史，明鑒未來。我們沿着來自歷史的川流，承荷各方的期待，自應負起使命，砥礪前行，至誠奉獻，讓文化薪火代代相傳，並在守正創新中發揚光大，爲推進文化自信自强、豐富中國式現代化文化内涵貢獻蘇州力量。

《蘇州全書》編纂出版委員會

二〇二二年十二月

凡例

一、《蘇州全書》（以下簡稱『全書』）旨在全面系統收集整理和保護利用蘇州地方文獻典籍，傳播弘揚蘇州歷史文化，推動中華優秀傳統文化傳承發展。

二、全書收録文獻地域範圍依據蘇州市現有行政區劃，包含蘇州市各區及張家港市、常熟市、太倉市、崑山市。

三、全書着重收録歷代蘇州籍作者的代表性著述，同時適當收録流寓蘇州的人物著述，以及其他以蘇州爲研究對象的專門著述。

四、全書按收録文獻内容分甲、乙、丙三編。每編酌分細類，按類編排。

（一）甲編收録一九一一年及以前的著述。一九一二年至一九四九年間具有傳統裝幀形式的文獻，亦收入此編。按經、史、子、集四部分類編排。

（二）乙編收録一九一二年至二〇二一年間的著述。按哲學社會科學、自然科學、綜合三類編排。

（三）丙編收録就蘇州特定選題而研究編著的原創書籍。按專題研究、文獻輯編、書目整理三類編排。

五、全書出版形式分影印、排印兩種。甲編書籍全部采用繁體竪排；乙編影印類書籍，字體版式與原書一致；乙編排印類書籍和丙編書籍，均采用簡體横排。

六、全書影印文獻每種均撰寫提要或出版説明一篇，介紹作者生平、文獻内容、版本源流、文獻價值等情況。影印底本原有批校、題跋、印鑒等，均予保留。底本有漫漶不清或缺頁者，酌情予以配補。

七、全書所收文獻根據篇幅編排分册，篇幅適中者單獨成册，篇幅較大者分爲序號相連的若干册，篇幅較小者按類型相近原則數種合編一册。數種文獻合編一册以及一種文獻分成若干册的，頁碼均連排。各册按所在各編下屬細類及全書編目順序編排序號。

吴都文粹

〔宋〕鄭虎臣 編

據中國國家圖書館藏清鈔本影印，
配以南京圖書館藏本。

提要

《吴都文粹》十卷，宋鄭虎臣編。

鄭虎臣，字景召，一作景兆。南宋吴縣人。曾官會稽尉。父爲賈似道所害，德祐初，自請監押賈似道，誅之於漳州木棉庵，因獲罪，斃於獄。撰有《集珍日用》《元夕閏燈實録》等。

《吴都文粹》爲地方詩文總集，輯録詩文凡六百餘首，首趙汝談《吴郡志序》，終賀方回《青玉案》，涉及蘇州地區輿地沿革、都邑城池、山水名勝、風俗物産、民生利害諸多方面，萃吴中故實爲一編。《四庫全書總目》評價此書『雖稱「文粹」，實與地志相表裏，東南文獻，多藉是以有徵，與范成大《吴郡志》相輔而行，亦如驂有靳矣』。據明許元溥《吴乘竊筆》、清孫星衍《平津館鑒藏記》、錢熙祚《吴郡志校勘記序》等考證，《吴都文粹》内容實自《吴郡志》鈔出。故近人余嘉錫《四庫提要辨證》云：『《文粹》全出於《范志》，而《提要》乃謂其足與《范志》相輔，是未嘗取兩書對勘，而率爾言之也。』

此書内容雖取材於《吴郡志》，但作爲蘇州地區較早之詩文總集，其編纂體例對後世同類總集影響頗大，明代錢穀曾賡續其書，輯成《吴都文粹續集》五十六卷補遺一卷。至清代中期，顧沅又以《吴都文粹》《吴都文粹續集》等爲底本，復采蘇州相關文獻，輯成《吴郡文編》二百四十六卷。

此書宋本早佚，今存明鈔本一種、清鈔本多種（含《四庫全書》本）及清木活字印本等。明鈔本爲殘卷，清活字本亦多脱訛之處。本次影印以中國國家圖書館藏清鈔本爲底本，配以南京圖書館藏本。底本原書高二十七・四厘米，廣十七・八厘米，即《四庫全書》底本，凡六册，原藏浙江鮑士恭家，後經杭州許乃晋、黄岡劉卓雲等遞藏，間有朱筆、墨筆校語。

吴都文粹九卷

宋鄭虎臣編案蘇州府志虎臣字景兆曾爲會稽尉宋德祐初自請監押賈似道殺之於木綿菴者即其人也是書於吴郡遺文綜緝頗富其中若李壽朋之劄補新軍汪應辰之申奏許浦水軍趙肅之三十六浦利害郟亶之至和塘六得六失諸篇均有兵農大計其他輿地沿革亦多有因文以

著者如書中龔頤正企賢堂記曰長洲爲縣肇唐萬歲通天中而吴地記則云建自貞觀七年考唐地理志與頤正之記合可以證吴地記之譌又吴地記云常熟縣改自唐貞觀九年而書中范成大常熟縣題名記曰縣舊爲毘陵至梁而改又可與吴地記考異蓋是書雖稱文粹實與地志相表裏東南文獻藉是有徵與范成大吴郡志相輔而行亦如驂有靳矣

吴都文粹目録

蘇臺鄭虎臣集

卷一

西樓感懷
介菴銘
靈芝坊
又晋客亭
和前韵
浙西提刑司題名記
浙西提舉司題名記

范仲淹
耿元鼎
章造
梅摯
蔣堂
曾幾
沈文度
陳貫
徐康

目四

館娃宮　楊備

殷堯藩

傷吳中　李嘉祐

又　李紳

懷古　皮日休

又　陸龜蒙

勾踐進西施賦　徐寅

卷三

吳王井　楊備

南雙廟記
春申君廟記
聖姑廟
璽姑廟碑陰記
三高祠記

張詠
楊備
蔡京
趙居貞
皮日休
陸龜蒙
林戊
祝鑑
范成大

詠歸亭
清閟亭
遐觀亭
臞庵二十五詠
浮天閣三首
平遠堂三首

徐開菴、
蒙与義
吕本中
蘇庠
王銍
向子諲

遊虎丘觀白傅舊題二首

吴王墓、

日十四

王禹偁

陳堯佐　三首

丁謂　二首

梅詢

范仲淹

蔣堂

張伯玉

王紳

目十八

卷七

目二十二

題楓橋寺　張祐

楓橋夜泊　張繼

重遊楓橋偶成　張師中

孫覿与温老四首　程師孟

胡理

張孝祥

郜附

日二十六

目二十七

卷十

吴郡志有滕宬

从郡志改

目三十

懷吳中馮秀才　杜牧

送張尊師歸洞庭　許渾

送元晝上人歸蘇州

送顧朝陽還吳　李頎

送僧歸洞庭　顧非熊

送客還吳　殷堯藩

送劉山人歸洞庭　李頻

即席送許製之曹南省兄

吴江　陳堯佐
留京師　王明之
横塘路青玉案　賀方回

吴都文粹目録終

吴都文粹卷第一

宋蘇臺鄭虎臣集編

○○吴郡志序

趙汝談○○

初石湖范公爲吴郡志成守具木欲刻矣時有求附某事於籍而弗得者因謹曰是書非石湖筆也守憚莫敢辯亦弗敢刻遂以書藏學宫愚按風土必志尚矣吴郡自闔閭以霸更千數百年號稱雖數易常爲東南大都會當中興其地視漢扶馮人物魁偉井賦蕃溢談者至與杭等盖益盛矣而舊圖經蕪漫失考朱公長文雖重作

亦畧是豈非大鈌者何幸此筆屬公條章粲然成一郡
鉅典辭與事稱矣而流俗乃復揜阨使不得行豈不使
人甚太息哉紹定初元冬廣德李侯壽朋以尚書郎出
守其先度支公嘉言石湖客也是以侯習知之及謁學
問故驚曰是書猶未刊耶他日拜石湖祠退從其家求
遺書得數種而斯志與焉校學本無少異侯曰噫信是
已吾何敢不力而書止紹熙三年其後大建置如百萬
倉嘉定新邑許浦水軍顧逕移屯等類皆未載法當補
於是會校官汪泰亨與文學士褋議用褚少孫例增所鈌

遺訂其脫譌書用大倫而不自別為續焉侯喜曰是不
没公美矣亦吾先人志也書来屬汝談序余病謝弗果
侯重請曰吾以是石湖書也故敢恩子而子亦辭乎余
不得已勉諾客有問余曰或疑是書不盡出石湖筆子
亦信乎余笑曰是固前譁者云也昔八公徒著道術数
萬言書標淮南通典亦出衆力而特表杜佑自古如吕
氏春秋大小戴禮曷嘗盡出一手哉顧提綱何人耳余
聞石湖在時與郡士龔頤正滕宬周南厚三人者博雅
善道古皆州之雋民也故公数咨焉而龔薦所聞於公

尤多異論由是作子盍亦觀益公碑公墓乎載所爲書篇目可攷予不信碑而信誕乎且公蚤以文名四方位二府余鄙何所繫重余特嘉夫侯之不忘其先能畢力是書以卒公志而不自表顯焉是其賢非余言莫明也抑余所感則又有大此者焉方公書始出也疑謗橫集士至莫敢伸喙以白曾未四十年而向之風波息滅澌盡至是無一存者書乃竟賴侯以傳是不有時數哉然則世論是非曷嘗不待久而後定乎此余所以重感也余誠不足序公姑以是寄意焉其亦可乎否也疑者唯

服侯父子世儒有聞其治吴未朞百墜交舉既上此職方氏將復刊石湖序集與白氏長慶並行而改命漕湖北矣余故併志以伸後覬焉紹定二年十一月朔也

○○十老序 舊闕今補　　米芾

中散大夫河間公清德傑氣惟時老成高誼勁節縉紳所仰靜鎮吴國四周星紀威孚惠洽訟庭晨虛迺闢郡齋會九俊老惟內閣清河公神宇軒拔德韋昭融名威羌夷勳書册府正議大夫廣平公秀實孤暎清標邁遠鬱建公利煥於汗青大中大夫濮陽公沖襟爽澈淑質

端靖積厚施衍父子顯榮朝議大夫清豐公朝議大夫、彭城公朝請大夫徐公朝散大夫鄭公並道韻虛曠內德淳耀或中臺耆彥（本集作碩望）或四方膚使出處有優裕終始一德愷悌利愛布在世間承議郎崇君奉議郎黃君素行潔修里閈標準早解簪紱仕路式瞻咸傾碩德天錫難老貌若遼鶴言爲龜鑑于是羽觴屢酬雅章遞作叙懷感遇樂時休明顧眄之間穆如清徹（徵）薰如太和夫學本美身仕欲行志名節既立榮利後之若諸公積儲淵深未極經緯而不苟干得進退從容千祀可垂

低一格

後生仰止以襄陽芾倦游四海多出与賓僚刻繪既傳屬為序引嗚呼樂道人善君子有之顧芾何堪忝于承
命謹序

◐九老會後更名耆英又名真率元豐間章屺守郡与郡之長老遊各飲酒賦詩時米黻禮部以杭州從事罷經由為作叙叙諸老之德甚詳十老謂大中大夫致仕上護軍濮陽縣開國子盧革仲新年八十二奉議郎致仕騎都尉賜緋魚袋黄挺公捺年八十二正議大夫充集賢殿修撰致仕上柱國廣平郡開國侯程

○師孟公闢年七十七朝散大夫致仕上輕車都尉鄭方平道卿年七十三朝議大夫致仕護軍清豐縣開國子賜紫金魚袋閭丘孝終公顯年七十三中散大夫知蘇州軍州事河間縣開國伯護軍賜紫金魚袋章岵伯望年七十三朝請大夫主管建州武夷山沖佑觀賜紫金魚袋徐九思公謹年七十三朝議大夫致仕上柱國彭城縣開國子徐思閔聖徒年七十二承議郎致仕騎都尉賜緋魚袋崇大年靜之年七十一龍圖閣直學士正議大夫提舉杭州洞霄宮清河郡開國侯張詵樞言年

俱單行大字寫

七十十人合七百四十六歲十老各有詩米散序之

○慶曆九老會都官員外郎徐祐与少卿葉參俱以耆德告老而歸約為九老會晏元獻公杜正獻公皆寄詩賛之晏詩首句云買得梧宮數畝秋便追黄綺作朋儔杜卒章曰如何九老人猶少應許東歸伴醉吟時會老才五人耳

○吴城　杜牧

二月春色江上来水晶波動碎楼臺吴王宮殿柳含翠蘇小宅房花正開解舞細腰何處住能歌姹女逐誰回千秋萬古無消息國作荒原人作灰

○按梁吴均吴城賦曰古樹荒烟幾千百年云自吴王所築越王

○所遷東有鑄劍殘水西有舞鶴故壥縈具區之廣澤帶姑蘇之遠山僕本蓄怨千悲億恨況復荆棘蕭森叢羅網蔓亭梧百尺皆歷地而生枝階筍萬丈或至杪而無葉不見春花夏薰唯聞秋蟬冬蝶水魅晨定山鬼夜驚不知九州四海乃復有此吴城

○ ○閶門　張繼

畊夫古募逐樓船春艸青〻萬頃田試上吴門看郡郭清明幾處有新煙

○ ○前題　韋應物

獨鳥下高樹遥知吳苑園凄凉千古事日暮倚閶門

前題　白居易

閶門四望鬱蒼〻始覺州雄土俗强十萬夫家供課税
五千子弟守封疆闔閭城碧鋪秋草烏鵲橋紅帯夕陽
處〻樓前飄管吹家〻門外泊舟航雲埋虎寺山藏色
月耀娃宮水放光曾賞錢塘嫌茂苑今来未敢苦誇張

前題　蘇舜欽

年華冉〻催人去雲物蕭〻又變秋家在鳳凰山下住
江山何事苦相留

按文選注引吳地記閶門者闔閭所作名曰閶闔門高楼閣道楼陸機所賦此門在晉時楼閣之盛如此本朝承平時門上亦有楼三間甚宏敞蘇舜欽嘗題詩于上今發南史及傳記中或書作昌門蓋字之訛

胥門　皮日休

青翰虛徐夏思清愁煙漠、荇花平醉來欲把田、葉盡裹當時醒酒鯖

前題　陸龜蒙

細槳輕橈下白蘋故城花謝綠陰新豈無今日逃名士

試問南塘着屐人、

○按吴地記云伍子胥宅在其旁石碑見在今亡此門出太湖道也今水陸二門皆塞而新姑蘇臺館乃據其上

○○學校記　朱長文

兩儀定位學校興矣五教既敷學校立矣禮義不可一日忘故學校不可一日廢也昔唐虞三代之盛未嘗不以建學嚴師為先務内則王世子群后卿大夫元士之適子其入以齒外則塾党鄉遂之間其教以時下至于

四方萬國之遠皆命之為庠序其法詳矣故始于直寬剛簡以防其失次以歌詩音律而致其和者此堯舜之典樂所以教也以智仁聖義忠和為之德孝友睦婣任恤為之行禮樂射御書数為之藝此周大司徒鄉大夫所以教也上之所以教於下下之所以應於上若置郵而傳命也若决江河莫之能禦也書美萬邦黎獻可以共為帝者之臣詩稱成人有德小子猶有所造其材之可用如此蓋當是時風化行習俗美人人有士君子之、器雖畎畝之賤山林之幽亦為仁義之所漸摩禮樂之

所陶染咸入于善罔免而不忘敬敦葺而不忍踐豈有
暴亂萌于心姦宄害于事者哉此建學之効也王道衰
禮義廢獨一魯侯能修泮宮囚馘之獻猶不離此邦人
頌焉戰國之際孟軻猶歷說時君謹庠序之教申孝弟
之義終濶而不用習大亂迄于秦棄儒任法民不知學
而疾視其君蠭起而墟秦矣漢方休息元元未遑先王
之教世宗奕奕首善于京其臣有若董仲舒者為大夫
文翁者為守吏皆尚儒術迺詔置博士弟子之員而立
學校宮於郡國其課士必以經藝蓋士不素養則德難

遽考使因學以知經因經以會道庶乎有成矣東京内盛三雍之儀不及于外而鄭興賈逵馬融鄭康成之徒繼為人師以經相授囊括古典六學寖明是以時政雖亂于上而義士交起于下抗節濡足用救陵夷漢賴以不亡者百餘年魏分晋弱事不足道唐之文物盛矣而尚賦以取人世薄經術以文辭相夸夫文所以宣志也、觀其文則志可度哉故元臣碩老多由制科以出神宋受命遏亂興治秉輿嘗幸國庠親臨講席是時勳臣宿将並列藩鎮庠序雖未興而鴻儒碩士聞風以起有若慼堅素在睢水种明逸在終南皆聚徒講授髦俊歸之其後陪京方面之守臣稍請興學自景祐中范文正公作學于吴又創于潤滕子京建于湖慶曆之慼文正公參預機政而石守道孫明復首居太學是時仁宗開天章閣召輔臣八人問以治要文正公復以學校爲對于是詔天下皆立學神宗之時立三舍法置方郡教官皆試可而後授今上嗣位申命近臣薦堪内外學官者方聖朝承平之久而長育之勤雖瀕海裔夷之邦執耒垂髫之子孰不抱籍綴辭以干榮禄褎然而赴詔者不知

其幾萬數蓋自古未有盛于今也凡命教之法以經術觀其學以詞賦觀其文以論策觀其智所取兼于漢唐而德行道藝之士參出乎其中矣然欲合二帝三代之法使人人有士君子之器在吾君相之所潤色也始姑蘇郡城之東南有夫子廟所處隘陋方文正公以天章閣待制守是邦欲遷之高顯相地之勝莫如南園南園者錢氏之所作也高木清流交蔭環麗迺割其巽隅以建學廣殿在左公堂在右前有泮池旁有齋室是時學者才逾三十人或言其太廣文正曰吾恐異日以為小

也于是召安定先生首當師席英才雜遝自遠而至厥
後登科者逾百数多致顯達由景祐迄今五十餘載學
者倍蓰于當時而居不加闢也長文適忝命掌學周視
黌舍傾陊褊廹寒薄暑湫諸生病之來者無所處乃與
同僚議請南園隙地以廣齋廬屢諗于郡守部刺史病
財用之不給會文正之子兵部侍郎公純禮以厚德遠
業見器朝廷出自奉常制置江淮六路漕事擁使者節
過鄉上冢乃以學舍之微白公〻既即學拜文正公遺
像延見諸生感慨陳跡即奏言蘇潤之學皆先臣所建

（宋諱當照改）

後之久［人］不葺而齋室不芘風雨講習無所頓給錢修廣
而令太守諫議王公在潤先以潤學為請有詔各以度、
牒千紙充其費時元祐四年五月也前守戶部劉公瑾
選官治役度用賦工會至［王］公自潤易蘇下車三日臨視
興作命之裁築填圩立基如請之數益以關賦之材助
以亡命之卒（欽宗廟諱）［完］舊[illegible]新累工逾萬朞歲而告成不以
一分取于民公堂（寧宗御名）［擴］如也廊廡翼如也齋室凡二十
二而始作者十為屋總百有五十楹而初建者三之一
立文正公安定先生祠宇遷校試廳于公堂之陰榜曰

傳道庖厨湶室莫不嚴潔窈然而深曠然而明其處也
寛其容也衆南楹引爱日北牖延清風咸適其宜矣凡
學田之佃于人而隐没者為之括而寔之屋之僦于市
而已壞者為之新而復之養士之資由此不匱皆太守
所命也夫儒者早暮孜孜從事于典籍苟居處之不佚
餱糧之不豐而責其勤難矣故嚴其宫足其餉所以教
也且吴為東南都會自泰伯三遜天下延陵脱屣千乘
言偃以學稱嚴助以文著朱張顧陸世多顯者此誠禮
義之區儒雅之藪也今夫興學以教者豈徒貴其中程

吴都文粹　十一　卷一

課躐科等哉必也為文足以貫道為經足以通理立于
朝廷則謀王休贊國論仕于郡縣則宣惠澤興事功其
餘風所扇猶將使人老〻而幼〻夫〻而婦〻室有忠
信俗有廉潔然後知新學之作豈專以棟宇為哉君子
謂兵部公善述其先志可謂之孝正諫公樂成于教育
可謂之仁惟孝與仁于是著矣正諫公以道立朝忠精
不回其治吳朞月吏民感其德而安其政寞坐郡閣事
至即決已而與賓客雍容笑語沛然餘裕方學之成吳
人莫不欣悦鼓舞望車馬之來而樂芹藻之釆也見命

作記確辭莫獲輒系之聲詩刻之陰碣以告于後世云

詩曰

惟帝光宅錫民保極昌以臻茲惟教之績降漢迄唐以
經以文元臣碩老世偉其人天佑神宋七聖繼德右儒
尚文經緯九域肇開雍庠周設泮序興賢舉能歲幾千
數維吳有學文正是興師明友諒俊傑紹登歷載五紀
烝烝髦士將把其隘士罔能止翼、廥史繼述其先建、
言于朝授牒易泉邦牧承命以新以廣匪憚厥勤貲我
教養高堂邃廡環闢羣齋潭、其深濟、其來孰居是

堂勿尸厥職亶尔誠心傳道解惑凡處是齋勿嬉勿忌道德淵源詞章潤色拱把之木長而參雲涓勺之水滌而流坤匪學之設惟材之成是明是翼永賛丕平

○府學在南園之隅景祐元年范仲淹守鄉郡二年奏請立學得南園之巽隅以定其址元祐四年純禮持節過家又請于朝復得南園隙地以廣其垣卒父志也紹興十一年梁汝嘉建大成殿十五年王映繪兩廡像教授講堂闢齋舍規模宏敞視昔有加乾道九年丘崇造直廬淳熙二年韓彥古教授采芹仰高二亭十

六年趙彦𢢆建御書閣五賢堂在講堂左五賢謂陸贄范仲淹范純仁胡瑗朱長文也

重修大成殿記

鄭仲熊

郡邑置夫子廟於學以歲時釋奠盖自唐正觀以来未之或改我宋有天下因其制而損益之姑蘇當浙右要區規模尤大更建炎戎馬蕩然無遺雖修學宫于荆榛瓦礫之餘獨殿宇未遑議也每春秋展禮于齋廬巳則置不問殆爲闕典今宝文閣直學士括蒼梁公来牧之明年實紹興十有一禩也二月上丁修祀既畢乃惕然

自咎揖諸生而告之曰天子不以汝嘉為不肖俾再守茲土顧治民事神皆守之職惟是夫子之祀教化所基尤宜嚴且謹而拜跪薦祭之地卑陋乃尔其何以揭虔妥靈汝嘉也不敢避其責曩常去此弥年若有所負尚安得以罷輭自恕復累後人乎他日或克就緒願與諸君落之于是謀之僚吏搜故府得遺材千枚取贏資以給其費鳩工庀役各舉其任歲月訖工民不與知像設禮器百用具修至于堂室廊序門牖垣墻皆一新之

○○六經閣記　張伯玉

六經閣諸子百家皆在焉不書尊經也吴郡州學始由
高平范公經搆之至今尚書富郎中十年更八政學始
大成而六經閣又建先時書籍草創未暇完緝厨之後廡
澤地汙晦日滋散脫觀者惻然非古人藏象魏拜六經
之意至是富公始與吴邑長洲二大夫以本學之餘錢
僦之市材直公堂之南臨泮池搆層屋起夏六月乙酉
至秋八月甲申凡旬有七浹計庸千有二百作楹十有
六棟三架霤八桷三百八十有四二户六牖梯衡楶棁
扐墁陶甓稱是祈于久故爽而不庳酌于道故文而不

華經南嚮史西嚮子集東嚮標之以油素揭之以油黄
澤然區處如蛟龍之鱗麗如日月之在紀不可得而亂
矣則天地之極致皇王之高道生人之紀律舉在是矣
古者聖人之設教也知函夏之至廣生齒之至衆不可
以頋解耳授故教之有方導之有原乃本庠序之風師
儒之說始于邦達于鄉至于室莫不有學烜之以文物
聳之以聲名先用警策其耳目然後清發其靈腑故其
習之也易其得之也深其教不肅而成不煩而治毆元
元之入善域優而柔之俾自得之萬世之後尊三王四

代法者無他焉教化之本末馴漸也然則觀是閤者、知六經之在則知有聖人之道知有聖人之道則知有朝廷之化知有朝廷之化則嚮方之心日懋一日禮義之澤流于外絃誦之聲格于内其爲惡也無所從其爲善也有所歸雖不欲徙善遠罪納諸太和不可召康公之詩曰豈弟君子来游来歌子思子之説云布在方册人存政舉凡百君子由斯道覺斯民暢皇極序彜倫者捨此而安適得無盡心焉諸儒謂伯玉嘗從事此州游學滋久宜刊樂石庶幾永ミ無忽

吴都文粹　十五　卷一

○六經閣舊有之吴學始于范文正公後更八政始成而此閣成于富嚴郎中先是張伯玉嘗以郡從事主學後師浙東閣始成世傳邦人謁記于伯玉伯玉令叅佐擬撰皆不如意一日對衆援筆書首句云六經閣子史在焉不書尊經也坐皆歎服

○○御書閣記　洪邁

若稽古高宗皇帝實天生德既以聡明聖武戡濟多難垂中興億年之基洎保大定功投戈息馬于世紛萬殊泊乎無一嗜玩唯翰墨梱域天縱神與特致志巋心不

含食息淵妙沉著頎韋誕鍾由所擅正書中取威定覇
高處視古無上帝中第一殆隘麼不足言羲献諸庾固
已望洋斂避矧唐歐虞褚薛輩直可輿臺命也詩書易
春秋孝經論語孟軻氏凡幾書、凡幾帙、凡幾字一
一肆筆而成翥鳳翔鸞震蕩輝赫端正嚴重肅如神明
當是時每終一經輒詔玉册官摹刻編以石本侈錫方
夏光天之內盖郡載其書昔人謂萬世之下一遇大聖
而知其解者是為旦暮之遇況乎親見帝王以為之師
恩斯勤斯士宜如何報也妥奉當在頖宮蘇為吳盛府

吳都文粹　十六　卷一

故有六經閣燬於兵紹興中守臣寶文閣學士王晙始改建學室宇宏偹夸雄他郡閣獨未克立而庋置石經于大成殿仍儉就寡瓜華薌火之敬弗答弗涓揆于祇瞻殊甚不稱寥寥向四記郡博士領諸生數有請二千石亦數留意然畫不堅定會其凡輒中止更數十政訖莫之能為淳熙十四年秋閣修撰趙彥操至平易中和敏絜莅業用善政得民蘇比比多事且去天咫尺南北問途者銜舟接軸冗叢厥身居東道主弟知承迎過客趣了停傳為先務樸遬馬上戴星而入民瘼不暇問

尚安以教化勸功為哉彥操總旬月久非能滋民使多
浚財使豊辟土使廣而千里一旦廓廓如仙晨道院于
是以一閣之任自予即舊址度為三楹両翼三其檐為
高六十尺為廣七十有五尺材木以壯買瓦石以碩市
工以募来發公帑贏儲千萬給費相以飡錢二十之一
毫釐之須于我何取慮卜于素五縣乃不知去年秋七
月壬戌命日今年春二月丁卯成一區之宫若飛從天
外行人駭觀凝立如植彥操寫其製以告當塗守邁使
識本末臣恭維西箱清穆敞閣之處至尊壽皇聖帝奉

先追孝方勅崇煥章建官列職燕迪宸奎之昭回上模
紫清一時臣子宜有以効尺寸彦操羽儀宗支嘗典正
京邑忝侍從兹息匽輔藩首能擴尊君親上然後興學
之誼鳩此巨役章天顯休僉謂當刊表樂石以誌不朽
其詞曰
故吴所都上直斗牛今為畿輔氣壓百州沉沉學宫昘
以傑閣爛其天光照我海嶽偉哉高皇肆筆成書石經
百卷方國是儲岧嶤干雲翚若有造誰其尸之臣曰彦
操洞庭之山具區五湖龍螭萬數右翼左翃惟尔有神

實主張是時節來朝敬千萬禩

〇御書閣淳熙十四年郡守秘閣修撰趙彦操即六經閣舊址爲之以奉高宗皇帝所賜御書石刻六經先是累政欲作弗果彦操始克立遂爲郡庠壯觀焉

〇〇重修吴學記　吴潜

潜同里汪君泰亨教授吴學，學有田爲豪右隱占久君條具始末聞于守相聞于部刺史轉聞于相國迄歸田且得所負積賦爲錢三百五十萬有奇君曰有田矣不患無以養也有養矣不可無以安也顧瞻學宫日頹月圯遂捐錢有事改作憲守林公介佐以他錢五十萬後来者刑獄使者王公與權常平使者王公栻郡守李公壽朋皆相賑継金粟財益衍用不匱仆興僵立朽華腐新悉就修理舊為屋七百五十楹一一皆新美矣若耆宿若宗冑若業武游學亦各有次獨童而習者教毓未備乃別敞一齋曰小學哉工于紹定戊子冬十一月粤己丑秋七月訖功于是吳學益奂然東南矣夫物囿于数者有成必有毁天地日月宇宙江山不能逃焉而所以扶持于不壞不滅者人也彼大者固已如此矣

況小乎故新而久必敝〻而久必壞〻而久必泯學基堂于文正范公父子中更南渡歷紹興閱乾道至淳熙涉賢守數人經時數十載始大備而其積累艱難亦可喟息矣能及其敝而未壞〻而未泯疾起而扶持舉斯加彼察乎天地日月宇宙江山所以不壞不滅者斯豈不足以盡人道而宏教法哉諸生朝游而夕息景行先哲睹文正容貌而企慕其爲人其未仕也必如文正刻苦自厲以六經爲師文章論說一本仁義而後可其既仕也必如文正有是非無利害與上官往復論辨不以

官職輕人性命而後可其仕而通顯也必如文正至誠許國終始不渝天下聞風夷狄委命而後可誠如是矣則不負今相國今部刺史守相今郡文學所以幸惠爾學者庶幾潛言抑有造焉是歲九月望日宛陵吴潛記

○吴學久不修宝慶三年秋七月大風雨殿閣堂館直舍門廡齋亭皆摧圮欲壓紹定二年以復田得租遂新之始于憲守林介成于郡侯李壽朋吴潛作學記陳耆卿作復田記并附于後

○○吴學復田記　陳耆卿

按吴郡圖刻建學昉文正范公主學昉安定胡先生學
法傳天下未墜學宫在一州亦未廢也而田有不守者
蓋公斥勝地為宫又擇沃壤為田更建炎亡其籍而紹
淳之石與版獨烱如也不幸漁于豪民之手黠吏羽翼
之株遠穴深漫弗省治故在常熟縣為田千六百九十
畝而租之入者僅千畝焉盡（蓋）十有九年更幾部使者郡
守不能直幾校官不得直而得直者汪君泰亨能直之
者林公介章公良朋司馬公述也方林公之攝守也汪
君力以告公力主之已而章公為守又力主之既主之

直矣有撼者司馬公為使繼直其事遇林公再攝守復
深直其事遂得直盡歸其冒没六百二十畝又歸其開
羨四百餘畮士類起舞矣廼並祠三公于學而請記于予
予惟三代盛時無地無學而無家無田故學之官不待
興由不待給而所謂良民者即其所謂秀士也其後士
與民二矣給之田以助學盖将使士之秀者專之而乃
使民之無良者奪之其于義何居而不知此邦之田則
文正所給之田也給以助學則安定所主之學也自景
祐以来言哲輔者孰如文正言明師者孰如安定二公

光氣覆罩八表豈以一州親沐嘉澤親染餘誨而可廢墜之乎以十有九年之湮没而還之一朝其還者時也所以還者人也此三公之所以有賜于學也人知三公之賜之深由其主之之力而不知汪君之請之力其賜蓋不淺也雖併祠可也夫三公治文正之地而汪君司安定之席者也或主養或主教一也凡尔多士因其養而遡其所以養如見文正焉因其教而遡其所以教如見安定焉以是學古窮經砥操厲行未達則治己已達則治天下國家將使事業顯融名聲煇焯後之人見其盛而推

其所自曰吳學之士也不負教與養者也其豈非三公與汪君之意夫其豈非文正安定之意夫紹定三年八月朔日天台陳耆卿記

○○崑山縣學記　梁　肅

學之制與政損益故學舉則道舉政汙則道汙崑吳東鄙之縣先是縣有文宣王廟〻堂之後有學室中年兵饉荐臻堂宇大壞方郡縣多故未遑繕完其後長民者或因而葺之以民尚未泰故講習之事設而未備大曆九年太原王綱以大理司直兼縣令既釋奠于廟退而

嘆曰夫化民成俗以學為本是而不崇何政之為乃諭三老主吏整序民飾班事大啓室于廟垣之右聚五經于其間以邑人沈嗣宗躬履經學俾為博士于是遐迩學徒或童或冠不名而至如歸市焉公聽治之暇則往敷大猷以発之博考明德以翼之優而柔之使自求之揭而厲之使自趍之故民見德而興行始于鄉党洽于四境父督其子兄勉其弟有不被儒服而行莫不耻焉僉曰公之設教緍其本不墜其末易其俗不失其宜也傳曰本立而道生昔崔瑗有南陽文學志王粲有荆

州文學志皆表儒訓以著不朽遂繼其流爲縣學記俾来者知我邑經藝文教之所以興是歲龍集乙卯公爲縣之明年也大曆九年月日梁肅記

○吴郡自古爲衣冠之藪中興以来應舉之士倍承平時後五縣皆興學然其盛衰則繫令之賢否紹興間程沂爲崑山令重修學張九成記或謂九成記此以諷遂不入石集中亦不載比訪得之附于後

○○崑山縣新修文宣王廟記　王禹偁

夫聖人之生必受天命有位者天使之化民爲一時也

三皇五帝之謂乎無位者天使之立教為萬世也先師
夫子之謂乎是以窮于旅人終于陪臣非不幸也向使
居帝王之位行堯舜之風則顔閔之科猶元凱之舉也
兩觀之誅猶四凶之罪也自然道至而我無為化行而
人不知時之歌者必曰何力之有溢之美者必曰無得
而稱也雖流為典謨刑乎簡冊亦不過濬哲文明温恭
允塞而已豈復有祖述憲章之道流于後代乎故曰生
民以來未有如夫子者也秉筆之士安得輕議其德
業歟吴之諸郡姑蘇稱其尊郡之屬邑崑山出其右襟

以魚塩之利溉乎朝夕之潮昔在皇唐是為名邑降及錢氏茲惟上腴距海之田民斯阜矣然而庠序或缺儒素弗興實倉廩而禮節未知既富庶而教化不至為邑之長得无咎乎縣大夫邊公世為儒流時號甲族自起家之調歷宰邑之資所在播其能名儕類驚其久次大来之望固未易知皇上嗣位之明年淮海王如京師且献圖籍尊王室也主上思柔遠人精擇循吏銅墨之任尤難其才始得公以宰吴、民受賜降璽書以勞之旌善、政也秩滿受代將選于天官會茲邑有令尹之乏者二千石命公以承乏且叙政績聞諸冕旒未幾有即真之命免常調也公因民所利朞月而治以為人者教之本儒者教之先苟非師嚴而道尊烏可移風而易俗哉先是文宣王廟但有基址盡為榛蕪廢而不修六十年矣公乃出俸金以營之同僚悦從群吏弗違乃庀工徒乃度材用一畝之宮圖蔓以出之數仞之墻樹土而揭之殿堂既嚴門闕斯備罷以丹漆飾以圬墁制度合乎禮文力役當乎農隙乃像素王被華衮垂珠旒王者之制彰矣乃狀十哲冠章甫衣縫掖儒者之服備矣廟之

興也既如彼像之設也又如此粤上丁之晨行釋奠之
禮所以列豆籩陳簠簋潔牲牢具罍洗贄幣有数尸祝
有辭八音作而人和三獻終而神悦禮無違者道不虛
行觀之如堵墻化之猶影響俎豆之事修矣禮樂之道
興矣十室之邑期忠信以如丘一變之風闡詩書而及
魯議者曰吴地裸國也崑山海隅也舊染泊俗未行儒
風非明君以文德敷萬邦非賢宰以儒術化百里又安
能導先王之教移小國之風者哉禹偁幸忝德鄰熟聞
異政爰旌茂績俾述斯文雖言雖在于聖門不朽顧刊

于貞石時大宗雍熙四年三月十九日将仕郎守大理評事知長洲縣事王禹偁撰

崑山縣重修學記

張九成

通直郎知平江府崑山縣事程公沂詠之文簡公之曾孫伊川先生之姪孫也紹興二十八年七月十二日作書抵余曰沂聞為政莫先于教化教化莫先于興學吾邑有學卑陋不治甚不稱朝廷所以尊儒重道之意學門之外有社壇齋廳掩蔽于前氣象不舒沂乃移于社壇之西闢其門墻廣袤十餘丈又以東隅建學外門周

植槐柳增崇殿門營治齋宇氣象宏偉殿堂齋廡昺昺
一新遇月旦則率縣官詣學請主學者分講六經與諸
生環坐堂上以聽焉時知府事待制蔣公名其堂曰致
道并書學榜以寵賁之嗚呼可謂盛矣又曰先生昔學
于大儒其所見聞非俗儒比願以其所聞者明告于我
我將有以志之余曰吾老矣久抱末疾舊學荒落頋何
以副子之請雖然不可以虛辱也輒以聞于師者以告
左右左右其擇焉竊嘗以為學者當以孔子為師以孔
子為師當學孔子之學孔子之學非為博物洽聞綈章

績句高自標置視四海為無人攘臂而言曰吾仕宦當
至將相吾富貴當歸故鄉吾當記三篋于渡河賦萬言于
倚馬此正俗儒之學孔子之學乃不如是當熟誦孔子若聖與
仁則吾豈敢之説子夏掬溜播洒之説孟子徐行後長
之説以求孔子之心可也是謂孔子之學若乃學如
馬融如陸淳博如許敬宗文如班固如柳子厚亦可
矣而依梁冀而助武氏而事竇憲而附王叔文此吾儕
之所羞道而孔門之罪人也詠之以為如何如其不然
當明以教哦

吳都文粹　　二十六　　卷一

○丹陽公祠堂記　　朱熹

平江府常熟縣學丹陽公祠者孔門高第弟子言偃子游之祠也按太史公記孔門諸子多東州之士獨公爲吳人而此縣有巷名子游有橋名文學相傳至今圖經又言公之故宅在縣西北而舊井存焉則今雖不復可見而公爲此縣之人蓋不誣矣然自孔子之没而至于今千有六百餘年郡縣之學通祀先聖公雖以列得從𣪊食而其鄉邑乃未有能表其事而出之者慶元三年七月知縣事通直郎會稽孫應時乃始即其學宫講堂

之東偏作為北堂以奉祠事是歲中冬長日之至躬率邑之學士大夫及其子弟奠爵釋菜以妥其靈而以書來曰願有記也熹惟三代之前帝王之興率在中土以故德行道藝之教其行于近者著而人之觀感服習以入焉者深若夫勾吳之墟則在虞夏五服是為要荒之外爰自泰伯采藥荆蠻始得其民而端委以臨之然亦僅沒其身而虞仲之後相傳累世乃能有以自通于上國其俗蓋亦朴鄙而不文矣公生其間乃獨能悦周公仲尼之道而北學于中國身通受業遂因文學以得

聖、人之一體豈不可謂豪傑之士哉今以論語考其話言類皆簡易踈通高暢宏達其曰本之則無者雖若見詘于子夏然要為知有本也則其所謂文學固宜有以異乎今世之文學矣既又考其行事則武城之政不小其邑而必以詩書禮樂為先務其視有勇足民之効蓋有不足為者至使聖師為之莞爾而笑則其與之、意豈淺、哉及其取人則又以二事之細而得滅明之賢亦其意氣之感默有以相契者以故近世論者意其為人必當敏于聞道而不滯于形器豈所謂南方之學得其精華者乃自古而已然也耶矧今全吴通爲畿輔文物之盛絶異曩時孫君于此又能擧千載之闕遺稽古崇德以勵其學者則武城弦歌之意于是乎在故熹喜聞其事而樂爲之書至于孔門設科之法與公之言所謂本所謂道及其所以取人者則願諸生相與勉焉以進其實使此邑之人百世之下復有如公者出而又有以一洒夫媮儒憚事無廉耻而嗜飲食之譏焉是則孫君之志而亦熹之願也公之追爵自唐開元始封吴侯我朝政和禮書已號丹陽公而紹興御贊猶有唐封至淳熙

間所盼位次又改稱吴公云五年六月甲申具官封賜

朱熹記

吴都文粹卷一終

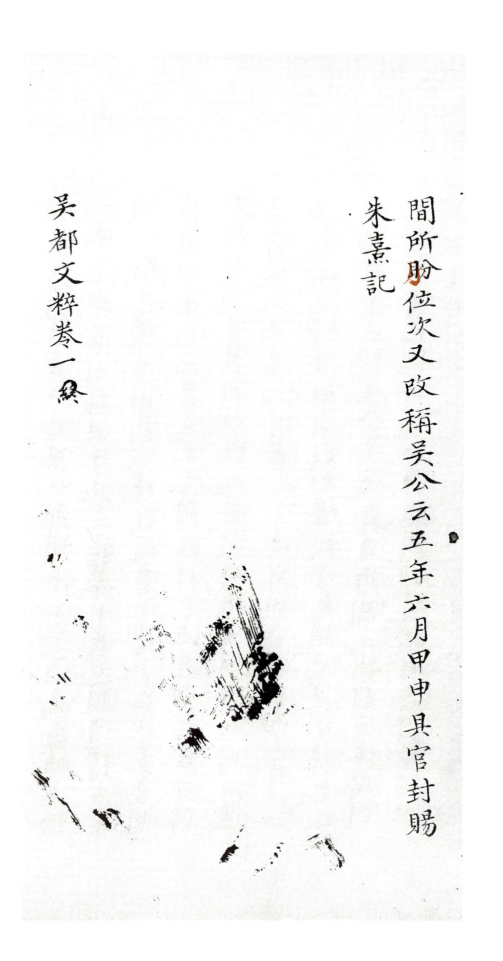

吳都文粹卷第二

宋蘇臺鄭虎臣集編

〇〇吳趨行　陸機

楚妃且勿嘆齊娥且勿謳四坐亟清聽〻我歌吳趨吳趨自有始請從閶門起閶門何峩〻飛閣跨通波重欒承游極回軒啟曲阿藹〻慶雲被泠〻祥風過山澤多藏育土風清且嘉泰伯導仁風仲雍揚其波穆〻延陵子灼〻光諸華王跡頹陽九帝功興四遐大皇自富春矯首頓世羅邦彥應運興粲若春林葩屬城咸有士吳

邑最為多八族未足侈四姓實名家文德熈淳懿武功侔山河禮讓何濟濟流化自滂沱淑矣難窮紀商榷為此歌

○吴趍行樂府題辭云古樂府吴趍者行徑趍市也文選注云趍步也此曲吴人歌其土風也吴王闔閭起閶門象閶闔舊説吴人歌其地也

○○祝牛宫詞并序　陸龜蒙

冬十月耕牛為寒築宫納而阜之建之前日老農請乞靈于土官以從鄉教予勉之而為詞曰

四㹀三牯中一去　乳天霜降寒納此室處老農拘〻度地不畝東西幾何七舉其武南北幾何丈二加五偶楹當閭載尺入土太歲在亥餘不足數上締蓬茅不遠官府耕耨以時飲食得所或寢或訛免風免雨宜爾子孫實我倉庾

○牛闌亦名牛宮吴地下湿冬寒牛即入闌唐人謂之牛宮

○○魚斗　皮日休

趁眠無事避風濤一斗霜鱗換濁醪莫怪兒童呼不得

盡行烟雨漉車螯（吴中賣魚論斗）

○魚斗者吴俗以斗數魚今以二斤半為一斗買賣者多論斗自唐至今如此皮日休釣侶詩云

○○申補新軍坐下省劄　李壽明

○○○禁軍○威果二十八○雄節第九○威果四十一○威果六十五○全捷二十一等指揮

其猥以凡庸誤叨藩輔之寄到任之初首訪軍籍禁軍元額計二千三百三十人前後闕額因循不補在籍者

一千七百五人而已某多方招募不問子弟百姓但是
少壯及　等即時當廳収刺無毫髮所費由是人樂
應募自正月八日為始至五月終共招刺到六百三十
人並已填足元額分畨教閱立定賞格示以激勸目今
弓弩事藝漸以習熟其間亦有出等者若自此不廢則
皆為可用之兵某又謂　國家置禁軍以壯藩屏置弓
手土兵以警盜賊本府六縣所管寨分類多闕額截日
終已招填到四十八人見督巡尉嚴行教閱此外如廂
軍如遞舗兵又収刺到八十一人新刺廂軍并令閱習

事藝如遇賞射與禁軍一般支犒但目今所管弓弩衣甲器械委是欠闕見行措置日夕打造庶幾緩急有備不致上悞使令除将軍兵射藝及支犒等則費過錢會開具軍冊供申外伏乞證會小貼子某證得所招填到禁軍等月給錢米春冬衣賜及賞射支犒以一歲計之為数約十萬緡並係本府自行計置不敢上瀆　朝廷并乞證會

證得平江府先來曾招到禁軍五百人今又招到六百三十人合證鎮江府例令為一軍分立隊伍別行選差

将官專一管轄日逐嚴督精加調練務令一一勇鋭不
許諸司州府見任州官及寄居差借占破私役須至劄
下
○右劄付平江府遵證今來劄下事理逐一措置施行
仍具申樞密院准此
○○城口開江按舊指揮
○○○廂軍崇節第九　崇節第十　崇節十
一崇節十二　壯城　中軍鼓角　横
江寧節第三　城下開江等指揮

按長編范仲淹疏臣知蘇州日點檢簿書一州之田係
出稅者三万四千頃中稔之利每畝得米二百石至三石
計出米七百餘万石東南每歲上供之数六百万石乃
一州所出臣詢訪高年則云曩時蘇州有營田軍四
共七八千人專為田事導河築隄以減水患于時民間
錢五十文糴白米一石自皇朝一統江南不稔則取
之浙右浙右不稔則取之淮南故慢于農政不復修舉
江南圩田浙西河塘大半隳廢失東南之大利今江浙
之米石不下六七百文至一貫者比于當時其貴十倍

民不得不困國不得不虛矣又按中興小曆紹興二十八年知平江府蔣璨言太湖者数州之巨浸而獨泄以松江之一川宜其勢有所不逮是以昔人于常熟之北開二十四浦疏而導之揚子江又于崑山之東開二十二浦分而納之海三十六浦後為潮汐沙積而開江之卒亦廢于是民田有淹没之憂天聖間漕臣張綸嘗于常熟崑山各開衆浦景祐間郡守范仲淹亦視至海浦後開五河政和間提舉官趙霖又開三十餘浦此見于已行者也今諸浦湮塞又非前比總計用工三百三十

餘萬錢三十三萬餘貫米十萬餘石緣平江積水已兩
月未退望速行之乃詔監察御史任古覆視既而古至
平江又言常熟五浦通江委是快便若依趙子潚子潚是時為兩浙漕所請以五千人為率來歲正月入彼月餘可畢又
言平江四縣舊有開江兵二千人今乞止于常熟崑山
兩縣各招填百人從之

○按府籍元額城下五百人崑山常熟吳江各五百人
與中興小曆合今存者百不一二

○○申奏許浦水軍坐下省劄　汪應辰

端明殿學士左中奉大夫知平江府軍事汪某劄子奏
臣契勘平江府准三省樞密院劄子御前水軍統制馮
湛申已躬親遍歷相視海道控扼去處数内蘇州許浦
鎮寔控扼之要港汊深遠可以安泊海船土地高廣可以安
立寨柵比之江陰屯駐之地公議差勝且去淮甸不遠斥堠相繼易
于探報比之定海駐劄之地尤為良便乞于許浦鎮移駐大軍
合用寨地乞委平江府差官與本軍同共前去許浦踏
逐標撥并教場地步施行四月九日三省樞密院同奉
聖旨依劄付平江府者本府尋遵依指揮差委常熟縣

丞秦焞同水軍統制差来使臣踏逐寨地聞今據所差委官申水軍統制司先差到将官等扞定合立寨基其所指地段並係人户居止八千餘家約有屋宇数百間及積年埋葬墳塋三十餘所又有千人坑焚化院各一所又包占田土約七千餘畝並係膏腴之地見種麻麥相次成熟已被踩踐及種下秋苗亦皆廢壞小民失業號泣盈路兼許浦鎮止係邉江不當海道自来即非緊切控扼之地舊年曾經分撥些小防秋人船時暫屯戍其海道自别有要害去處〻正合分軍屯駐今却全軍盡

在許浦亦未為便臣以上件事理詢訪士民皆言委之利害如此切以水軍萬人聚在一處若謂防托海道其許浦去海約一百六十餘里既非緊切控扼之地而其他要害去處又却無備徒使一方百姓麻麥秧田既已失望并廬墳墓復不能保伏望特降睿旨施行取進止

三省樞密院同奉　聖旨令平江府依已降指揮疾速踏逐仍打畫圖本申三省樞密院乾道六年閏五月元額管合官兵一萬二千分為四軍八將六十二隊于内分撥三百人江陰駐劄乾道七年十月奉　聖旨御前

水軍以七千人為額淳熙三年二月馮湛奏請再招收
一千人奉｜聖旨增額五百人五年八月于内奏乞
增額五百人不拘等体刺充勝捷均撥使喚紹興元年
四月奉｜聖旨發到福州寄招稍矴水手三百二十人
併續發到水手一百八十人付司收刺支破壯軍請給
嘉泰四年七月樞密院劄子撥置招募販倭人奉｜聖
旨令招募情願充應販倭人二十人支破全分効用請
給開禧二年馮拱申海航百隻水手分布不敷乞招收
三色軍兵五百人又乞招收武藝精熟識見可用一百

人剌充全効及次等効用奉　聖旨並依嘉定十五年
吳英申乞增招稍矴水手八百四十人剌充勝捷壯軍
與元管軍兵總以萬人為額
○申增顧逕水軍利便　吳英
平江府許浦水軍都統制吳某申證對本司駐劄許浦
分屯列戍曾認江海界分涉濶責任匪輕所管隘口唯
顧逕最是緊要蓋緣坐落揚子大江東流去海甚近北
通沙窖密邇敵境本司差撥官兵二千人着隘防捍比
年以來虜寇侵擾兩淮州郡累蒙　朝廷調遣本司兵

船前去建康直至江池鄂渚應援防護江面本司兵額雖曰萬人除分屯顧逕黄魚垛江陰寨及楚州管下淮海等處捍禦出江下海巡捕盜賊諸雜輪流差使逃亡名闕外許浦在寨人數無幾每遇調遣不免逐急于顧逕戍兵二千人内抽差一千添同前去止有千人在戍除看守倉場庫務軍器支打錢粮外守禦者委是寡少況湖海戰船盡泊此港設若賊徒窺伺乘間經涉海道沙窖作過本戍闕人捍禦所繫甚重豈得不預爲布列兵屯以防叵測今欲措置增招二千人添置左軍内

撥新舊軍人相半同老少專一駐劄碩逕防扼海道如
或上流江　等處設有警急乃就許浦便可調發庶免
摘抽顧逕兵船不致有前出後空之慮亦省官兵小券
錢米寔軍國經久利便宝慶元年十一月

○○

府治重修大廳記　蔣堂

姑蘇受署廳新成當兵部員外郎李公晋卿守屏之明
年冬十月也政修事舉所至精明完葺之初見梁間有
題識乃有唐乾寧元年刺史成及所建乾寧距聖宋一
百六十有餘年矣刺是郡者接跡不絕凡受署訖即臨

便閤頻鞅沉速其于廳事或旬月不一至以至年祀寖
遠棟將撓焉予昔兩綰蘇印班祿餘閒每浚池隍
臺榭以館過賓以備宴衎以追韋白二公風跡雖自以
為適然于是廳繕完有所未至今觀李公之為有過人
者圖新補廢俾唐末遺構巍乎顯明吏民瞻之靡不胥
悅君子謂李公急于先務知布政之本焉予目是事憮
然自咎因書本末云時皇祐六年三月日記

○設廳皇祐中李晉卿以兵部員外郎守郡嘗修大廳
蔣堂為記敘廳之所始甚詳今題名逸李姓晉卿是

其字也後嘉祐中王琪知制誥守郡始大修設廳規模宏壯假省庫錢数千緡廳既成漕司不肯破除時方貴杜集人間苦無全書琪家藏本讎校素精即俾公使庫鏤版印万本每部為直千錢士人争買之富室或買十許部既償省庫羨餘以給公廚兵火之後紹興三年郡守朱伯友更建今廳 高宗廵幸嘗以為正衙制度差雄

○○九日陪李蘇州東楼宴　　獨孤及

是菊花開日當君乗興秋風前孟嘉帽月下庾公楼酒

觧留征客歌能破別愁醉歸無以贈祇奉萬年酬

○東楼唐有之今廢

○○登初陽楼　　皮日休

危楼新製號初陽白粉青蓌射沼光避酒幾浮輕舴艋下棊曾覺睡鴛鴦投鈎列坐圍華燭格簺分明占靚粧、莫恠重登頻有恨　年曾侍舊吴王

○○前題　　陸龜蒙

遠窓浮檻亦成年幾伴楊公白晝筵日暖烟花曾撲地氣和星象郄歸天閒将水石侵軍壘醉引笙歌上釣船

無限恩波猶在目東風吹起細漪漣

○初陽楼在郡中池上既曰初陽宜占東城今廢

○○東亭　白居易

温〻土爐火耿〻紗籠燭獨抱一張琴夜入東齋宿窓聲度殘漏簾影浮初旭頭痒曉梳多眼昏春睡足負暄簷宇下散步池塘曲南雁去未回東風来何速雪依瓦溝白草遶墻根緑何言萬户州太守常幽獨

○東亭唐有之今更他名

○○西亭　前人

常愛西亭面北林公私塵事不能侵共閒作伴無如鶴與老相宜只有琴莫遣是非分作界須教吏隱合為心可憐此道人皆見但要修行功用深。

○○又

朝亦視簿書暮亦視簿書簿書視未竟蟋蟀鳴座隅始覺芳歲晚復嗟塵務拘西園景多暇可以少躊躇池鳥偕容與橋柳高扶疎烟蔓嫋青薜水花披白蕖何人造茲亭華敞綽有餘四簷軒鳥翅複屋羅蜘蛛直廊抵曲房窈窕深且虛修竹夾左右清風來徐徐此宜宴嘉賓

鼓瑟吹笙竽荒滛即不可縻曠将何如幸有酒與樂及時歡且娛忽其解郡印他人来此居

○西亭唐有之今西齋是其處

○○西園（向来所録即居易哭崔常侍晦叔之後七韵今校正）　前　人

間園多芳草春夏常靡靡深樹足佳禽旦暮鳴不已院門閑松竹庭徑穿蘭芷愛彼池上橋獨来聊徙倚魚依藻常樂鷗見人暫起有時舟隨風盡日蓮照水誰知郡府内景物閒如此始悟諠静緣何嘗繫遠邇

○西園在郡圃之西隙地直子城甚衺唐謂之西園今

作教場

○○北軒欹枕　梅摯

苦無勤瘁補臺綱西院西頭冷峭房今日鈴齋一欹枕清風不敢傲羲皇

○北軒在郡宅之後

北池賦并序　蔣堂

姑蘇北池其來古矣昔刺史韋應物詩云海上風雨至逍遥池閣涼即其地也韋與白樂天皆有池上之作盛詫其景自韋白没僅三百年寂無歌詠者予景祐丁丑

歲被命守蘇池館必葺嘗賦北池宴集詩是時端明張安道為邑崑山亦留風什傳刻于石故事在焉去此歲一紀予復佩蘇印感舊成賦聊以寄懷云

澤國秀壤勾吴故城其野境之勝者有曲池之著名環碧曉漲浮光晝停斡琅津之餘派分銀潢之一泓危橋跨波迅若走鯨虛閣延月清如搆瓊乃飛盖之所集靄芳塵之不凝主人一去（謂予去此十二年矣）春草羅生賦詠幾廢涓縈未平今茲税鞅之日復慰臨流之情目與景會神、將喜并是時霽色踈淨群物紛盈魚在藻以性遂龜游蓮而體輕禽巢枝而自適蟬得蔭而獨清科斗成文書之象鼉黽有鼓吹之聲以至鷗鳥群嬉不觸不驚菡萏成列若將若迎岸産井柯之木波孕朶紫莖之萍灘露沙而金紫垣疊蘚以衣青新蒲鏘鏘挺水心之劍綠竹整整矗羽林之兵別有島檜高聳虬枝相撑水石結操氷霜薦英若古君子與世寡偶而特立獨行吁可異也噫境之勝者可稱物之秀者可旌故萬狀在目吾得題評者已吾方岸野幘踞風亭觴賓友奏竽笙或獨繭靜釣或扁舟醉乘惟蔗有漿可以析朝酲惟菊有華可以制

頹齡而況庭無留事身若遺榮泯得喪乎意表育平粹于心靈姑徜徉于池上亦何慮乎何營

○北池又名後池唐時在木蘭堂後帝白常有歌詠白公檜蓋在池中皮陸亦有木蘭後池白蓮重臺蓮浮萍三詠今池乃在正堂之後而木蘭堂基正在其西·後無池跡豈所謂木蘭堂基者非唐舊耶或舊池更、收大連木蘭耶本朝皇祐間蔣堂守郡乃增葺池館賦北池宴集詩及和梅摯北池十詠後十二年復守郡遂作北池賦按堂賦詠池中有危橋屋閣今池皆不

能容則知承平時池更大矣

○○木蘭後池重臺蓮花　皮日休

欹紅婑婧力難任每葉頭邊半米金可得教他水妃見
兩重元是一重心

○○浮萍　前人

嫩似金脂颺似烟多情渾欲擁紅蓮明朝擬附南風便
寄與湘妃作翠鈿

○○白蓮　前人

但恐醍醐難並潔祇應薝蔔可齊香半垂金粉知何似

静婉臨溪照額黄

○○　和前三詠　　陸亀蒙

水國烟鄉足芰荷就中芳瑞此難過風情為與吳王近

紅蕚常教一倍多　、刪

○○○　（位三称）右重臺蓮

晚来風約半池明重疊侵沙緑罽成不用臨池更相笑

最無根蔕是浮名

○○○　右浮萍

素蘤多蒙別艷欺此花真合在瑶池還應有恨無人覺

月曉風清欲墮時
○○○右白蓮
○○重題後池　皮日休
細雨闌珊眠鷺覺鈿波悠漾並鴛嬌適来會得荊王意
祇爲蓮莖重折腰
○○前題　陸龜蒙
曉烟清露暗相和浴雁浮鷗意緒多却是陳王詞賦錯
枉將心事托微波
○○和梅摯北池十詠　蔣堂

池上有虛閣暈簷迅若翔百壺多盛集四座仰惟良蘇
邱文綦綠蓮依桂楫香何由陪嘯詠敷衽納微涼　以
池上有奇檜青〻歲紀深舊枝憐茂植時亦葉欠清吟夕
月漏孤影秋霜滋勁心今方遇真賞風什播瑶音
池上有孤島影摇波底天蓬壺欣髣髴仙客得留連岸
草襯丹轂灘蘆隈畫船羡君休澣日寄傲一樽前
池上有修竹遥鬧手自栽幾因風韵響時感集（隼）旟来粉
籜經梅脱虬根遇石回嬋娟綠陰下小宴為誰開
池上有垂柳烟籠濯〻枝芳根逢茂育老翠勝平時體

弱因風舞詞清入笛吹金城久不到遥想嘆羇離

池上有叢菊繁英滿舊蹊金刀惜頻剪粉蝶得幽棲醉弁誰同楝香牋手自題遥思清賞處野步岸東西

池上有時釣閒忘侍從身波平方浸月吏退閒無人藻映魴魚尾風揺獨繭綸一亭容膝地雅飾免荒榛

池上有時宴笙簧沸欲凝歡多漏移刻坐久月和燈席客詠持蟹女娼歌采菱醉来忘萬事風靜水波澄

池上有雛鶴来從淮水壖舊巢離海樹清唳入吴天骨峭翅霜月翎踈刷野泉使君宜得伴仙路本千年、

池上有馴鹿亭臺深處行長隨熊軾慣且免兎罝驚遥

草眠多穩流泉飲亦清寸岑有靈囿可使遂微生

○○溇蓮堂　楊備

溇蓮仙影面波光翠蓋摇風紅粉香中有画船鳴鼓吹

瞥然驚起兩鴛鴦

○○木蘭堂　陸龜蒙

洞庭波浪渺無津日日征帆送遠人幾度木蘭船上望

不知元是此花身

○○前題　范仲淹

堂上列歌鐘多慙不如古却羡木蘭花曾見霓裳舞

○白樂天為蘇州刺史常教此舞

○●前題　楊備

木蘭枝密樹仍高堂下花光照節旄列昂重茵歌舞地

金童同色使君袍

○木蘭堂在郡治後嵐齋錄云唐張摶自湖州刺史移

蘇州于堂前大植木蘭花當盛開時燕郡中詩客即、作

席賦之陸龜蒙後至張聯酌浮之龜蒙徑醉强執筆

題兩句云洞庭波浪渺無津日〻征帆送遠人頹然

醉倒摶命他客續之皆莫詳其意既而龜蒙稍醒援
毫卒其章曰幾度木蘭船上望不知元是此花身遂
為一時絶唱按舊堂基在今觀德堂後古木猶森列
郡守数有欲興廢者而卒未就承平時堂僅有治平
二年陳經所刻　御書飛白字碑揭于木蘭堂之新
閣上今不復存

○○雙瑞堂記　范成大

紹熙初元夏四月吳郡表使君為政之再閱月也長洲
之彭華鄉以瑞麥獻又三月木蘭後池以瑞蓮獻麥兩

岐已堅栗可刈岐間複出新苗生枝青葱且秀且實後
十日又岐于新苗之半亦秀實如前按瑞圖麥自兩岐
至九岐者有矣未聞枯莖之梯一再重出青黄殊色而
三穎俱茂有生、不窮之意蓋創見云蓮則共蔕異花
連理並秀豊腴適相當亦奇産也吏民歡喜謂造物者、州
效珍發祥工深巧妙非賢使君孰能致此又謂使君辱
臨吾州政爾暖席而嘉瑞輒應何其速耶余聞神人精
祲之交其跡固相絕遠一念感通則和同無閒真瞬息
頃爾固未可速計也方使君持節按刑時以柱後惠文

絕郡縣弗詹官吏素足立逐捕劇賊血其鯨鯢風采烈于秋霜朝廷第最課進直中秘書就牧此邦吳人憚其威名相與屏氣惕息使君一日過范村從容為余言鄉吾以衣綉持斧為職知飭法鋤奸而已今為郡守號稱民父母當有惻怛之愛拊摩噢咻若乳保之于赤子使百姓知吾此心庶幾有不忍欺者雖蒲鞭且勿顧用況于桁楊敲朴乎余矍然起賀曰公此心當與天通人固未能户知神者其知之矣閲時無幾而協氣薰翔被于珍物豈非一念之感此鼓應桴有不疾而速不召而至歟

是歲秋大熟政成人和庭訟稀簡郡廓○無事曩之蘄望于民者皆如本指蓋知祥應之不虛于是部使者暨一府縣之賓佐皆畫圖以傳賦詩以相倡酧猶謂未足傳久遠且春秋有年大有年皆以喜書今茲樂歲善收甌窶汙邪無不滿望二瑞寔兆其祥尤不可以弗識乃以雙瑞名郡之東堂余又為原其所以致祥者為之記因以附見有年之喜亦春秋之遺意焉使君名說友字起巖建陽人嘉平月石湖范成大書

○雙瑞堂舊名西齋紹興十四年郡守王㬇建前有花

石小圃便坐之佳處紹熙元年長洲有瑞麥四岐及後池出双蓮郡守袁說友葺西斋以双瑞名堂識其嘉祥

〇〇三賢堂記　仲并

紹興二十八年春敷文閣待制陽羨蔣公之鎮吳門也既期年矣治最上聞帝用褒寵民安初政郡以無事公唯益勤不懈事有關于風教纖悉必舉前人遺跡勝槩以次復焉且以前政信安孟王之意嘗捐金欲興三賢堂祀唐左司郎中曰洛陽韋公太子少傅曰太原白公

太子賓客曰中山劉公皆嘗牧此邦者邦人尊之曰三、賢曩歲為堂以祀之毀于兵火垂三十年邦人念之嘆息公訪其遺基得于郡治故木蘭堂之左攘剔榛翳掄材庀工百姓不知僚屬皆樂從也三月辛酉堂成制度古雅不陋不奢稱三賢之居焉塑其像以次位置南向東上弇嘗一再從公過焉公曰其為我記歲月固辭不獲弇每怪唐史如文藝儒學循吏三傳幾二百人常公法當處一焉乃獨不為立傳亦史冊之遺恨也惜哉公正元初由左司郎得郡于此清德臨民、樂其政暇日

賓禮名流與之酬倡于時白公客游郡下盛稱公風流
雅韻播于吳中至有詩仙之目自以不得與公游宴為
不滿已而罷郡寓永定僧廬羇旅蕭然欲求田課耕而
未得每端居焚香掃地而坐清風峻節可想而知其後
白公自杭移蘇寔宝曆初元也首以公郡宴詩鐫之于
石酷愛慕之每自謂不及韋公大槩可見于此史不傳
不得不致詳焉若白與劉行事始終則有本傳在二公
共生天大曆壬子歲真輩行也晚益相厚世謂劉白〻之
去郡劉以詩遺之有千門萬户嬰兒啼之句雖三代遺

愛何以加焉後六七年當太和中劉亦繼來秉郡荒疫
之餘撫厚安輯免民于轉徙文宗錫服以寵之白公時
在河南猶以詩爲劉賀三賢平時道義相先　分相好
誠相與也而文章政績兼優並著且俱爲有意于民者
名藩巨屏得一師帥吾民幸矣乃接踵來臨歲月未遠
聲名丰采炳乎其輝一時盛事他郡所未有也去之三
四百歲邦人懷慕之不衰宜哉公復振起而一新之是
將傳之愈久而愈無窮也蔣氏代以儒學顯至公而守
兹土者三世矣公少受知初世父樞密太師魏公翰墨

篇章悉有家法晚逢明天子擢登法從處劇以簡中扃湛然到郡今踰年矣鋤荒植廢皆如此堂未易一二書也弁聞元祐中魏公帥南海郡人繪前刺史吳公隱之宋公璟而下八人築堂以祠之魏公閲圖籍所載又得滕公修王公林合前八人者號十賢各為之贊叙公今新斯堂也視十賢之舉蓋不謀而契益知公之心真魏、公之心哉敢併書以告來者五月庚申朔左朝奉郎前差通判信州主管學事江都仲弁記廣平程紹祖書

口思賢堂舊名思賢亭以祀韋應物白居易劉禹錫後

改曰三賢堂紹興二十八年郡守蔣璨建三十二年
郡守洪遵又益以王仲舒及范文正公二像更名思
賢

○思賢堂記　范成大

吳郡治故有思賢亭以祠常白劉三太守更兵燼久之
遂作新堂名曰三賢其四年當紹興辛巳鄱陽洪公始益
以唐王常侍丨本朝范文正公之像復其舊之名亭者
榜焉先是公以嵗五月来臨吾州由州南鄙望洞庭罨
具區觀三江五湖之吐吞波濤睢天旁無邉垠而石隄

截然浮于巨浸之上若有鬼神之扶傾鯨鰲背負而湧以出也瞑夜人語馬嘶匈匈不絕公固已語其人思常侍之功矣周覽原田而相其溝防東南之播于江東北之委于海者脉絡醲通堙蕪滌除夏旱易以陂潦水時激至不能齧渚涯以決汙邪荒寒化爲麥禾起景祐迄茲歲無大祲于是公又曰非文正范公之勤其民者乎退而敘石記竹書之傳詳兩賢事尚什伯于此韓退之名知言碑王之墓隧謂治蘇最天下蓋遺册僅存于一隄其變滅無考者不知幾也文正自郡召還遂參知政昭陵

大政德業光明為宋宗臣通國之誦曰文正公而不以姓氏行焉常白劉之餘愛邦人既已俎豆之語在舊碑尚矣王范風烈如此且有德于吳宜俱三賢不沒以為無窮之思此堂之所為得名者嘗謂士才高必自賢位高或不屑其官世通患也洪公忠宣公之子擢博學宏詞第一名字滿四海餘二十年既入翰林為學士未幾自劾去甫及里門制書以左奐來吳邦人度公且上

朝謁莫能久私公也然始至之日咨民所疾苦退然不自居其智能亟從掌故吏訪諸賢之旧圖畫彷彿想見

其平生公既以道學文章命一世顧有羨于五君子者意将迹其惠術講千里之長利以膏而此民彼憧〻往来睎桑陰趣舍人裝者慮安肯出此夫才高而不自賢位高而滋共其官盛德事也斯堂法應得書會公使来屬筆紀歲月成大世占名藪西郭樂其州多賢守令之不歎于古也文正公又吾東家丘焉竊顏託斯堂以夸隣邦以為邑子榮乃不辭而承公命八月既望州民左從侍郎范成大記并書

○○瞻儀堂記　范成大

吳自置守以来仍古大國世爲名郡又當東南水會外暨百粤中屬之江淮四方賓客行李之往来畢上謁城下頗見東道主城門之軌深焉稻田膏沃民生其間實繁井邑如雲烟物夥事穰有司程文書應官府者以千萬計奉使命大夫行部第郡課必致詳于吳以視列城其雄劇如此夜漏未盡太守坐堂上主吏賓客旅進退語言面目不暇相熟向平明乃得擿按聽諸曹白事率常旰食有頃它客與報期會者又至如前雖精力過絶人其勢亦出甚勞而後能善治故吳郡虎符非名德素、州著已至大官者不以盼去之数十百年長老猶以為記至藏弆繪像畏愛之如一日番陽洪公之以内相典城也乃規東序之閒屋為堂取凡公私所藏故侯之像頗補其闕遺列畫其上又采韓退之廟學碑語名之曰瞻儀而命州民范成大詞而識諸石竊嘗觀郡國方志與耆舊風土之書既備載山川土疆郭郛所在必論次前世賢守長爵里姓氏之大畧著于篇謂君子嘗居之其地政僻陋猶借此以為寵今吾州不獨能志其人而肖貌具在章綬相輝凜凜如對生面它郡未聞有此雖大

府地重多顯者来自有以不没抑吴人習于親上至久
遠且弗弭忘氣俗之媺舊矣洪公蓋始表出之盛事固
不宜無記然公實以紹興辛巳夏五月至郡早成北虜
謀畔盟積甲並塞使行人来啟兵端又造舟東海上將
數道入寇天子赫怒大發步騎待邊分命樓船將督水
居之士營巨浸以直賊衝吴前當出師通道後控海浦
所從入烽堠相望羽書疾星火公聲氣弗為動春容頤
指不歛一錢不籍一夫機事立決無留行姦人幸騷搖
一逞心醉叵測相率遁去里門晏閒田間無吠犬行歌

刈熟不知有軍興民德公甚念無以報恩勤飲食必祝焉公於艱難時用劇郡呼吸變故曾無足以攖道德之威藹文章之斧斤者治行冠一世而不自以為功若此足矣顧方帥其吏民以館御諸賢覽觀徘徊若慕用之云者夫有餘則毋我不足者多尚人君子之德心豈世俗所能測識哉後之人歷階而登有感於作者之意疇肯以行能蓋前聞人其必葺斯堂而嗣其事壁間之圖將魚鱗雜襲至于無窮可也故併書之以風来者十月九日左從侍郎范成大記

○瞻儀堂舊在廳事之東紹興三十一年郡守洪遵建吳俗貴重太守來者必繪其像春秋則陳於齊雲樓之兩夾令吏民瞻禮至是洪公恐爲風日所侵欲作此堂藏之紹興三年郡守沈揆始遷諸像于後圃舊凝香堂中并其名遷焉

、刪

○○齊雲樓晚望十韻兼呈馮侍御　白居易
史周殷二協律

潦倒官僚盡蕭條芳歲闌欲辭南國去重上北城看複疊江山壯平鋪井邑寬人稠過揚府坊鬧半長安插霧峯頭沒穿霞日脚殘水光紅漾漾樹色緑漫漫約略留

草行字

遺愛殷勤念舊歡病拋官職易老別友朋難九月全無熱西風亦未寒齊雲楼北面半日凭闌干

○和柳公權登齊雲楼

楼外春晴百鳥鳴楼中春酒美人傾路傍花日添衣色雲裏天風散珮聲向此高吟誰得意偶来閒客獨多情佳時莫起興亡恨游樂今逢四海清

○九日宴集醉題郡楼兼呈周殷二判官

前年九日在餘杭呼賓命宴虗白堂去年九日到東洛今年九日来吴鄉兩邊蓬鬢一時白三處菊花同色黄

一日日知添老病一年年覺惜重陽江南九月未摇落
柳青蒲緑稻穟香姑蘇臺榭倚蒼靄太湖山水含清光、
可憐暇日好天色公門吏静風景涼榜舟鞭馬取賓客、
掃楼拂席排壺觴胡琴清圓指撥剌吴娃美麗眉眼長
笙歌一曲思凝绝金鈿再拜光低昂日脚欲落備燈燭
風頭漸高加酒漿觥盞艷翻菡萏葉舞鬟擺落茱萸房
半酣憑檻起四顧七堰八門六十坊遠近高低寺間出
東西南北橋相望水道脉分棹鱗次里閭棊布城册方
人烟樹色無罅隙十里一片青茫、自問有何才與政高廳大館居中央銅魚今乃澤國節刺史是古吳郡王郊無戎馬郡無事門有棨戟腰有章盛時倘來合慚愧壯歲忽去還感傷從事醒歸應不可使君醉倒亦何妨請君停杯聽我語此語真實非虛狂五旬已過不為夭七十為期蓋是常須知菊酒登高會從此無多二十場

○○

登齊雲楼　章憲

飛楼縹緲瞰吳邦表裏江湖自一方曲檻高窓雲細薄落霞孤鶩水蒼茫固知興廢因時有獨覺江山共古長回首中原正愁思不堪殘日半規黃

齊雲楼在郡治後子城上紹興十四年郡守王㬇重建兩挾循城為屋数間有二小楼翼之輪奐雄特不惟甲于二浙雖蜀之西楼鄂之南楼岳陽楼庾楼皆在下風父老謂兵火之後官寺州創惟此楼勝承平時楼前同時建文武二亭淳熙十二年郡守丘崈又於文武亭前建二井亭

西楼喜雪命讌 白居易

宿雲黄慘淡曉雪白飄颻散麪通槐市堆花壓柳橋四郊鋪縞素萬室甃瓊瑤銀榼携桑落金爐上麗譙光迎舞妓動寒近醉人銷歌樂雖盈耳慙無五袴謡

○○城上夜宴

留春不住登城望惜夜相将秉燭遊風月萬家河兩岸
笙歌一曲郡西楼詩聽越客吟何苦酒被吴娃勸不休
縱道人生都是夢、中歡笑亦勝愁

○○登西楼見樂天詩偶成　劉禹錫

湖上収宿雨城中無晝塵楼依新柳貴池帶亂苔春雲、
水正一望簿書来遠身烟波洞庭路愧彼扁舟人

悦

○○玩月　前人

半夜碧雲収中天素月流開城邀好客置酒賞新秋影

透衣香潤光凝歌黛愁斜暉猶可玩移宴上西楼

○○觀風楼　　楊備

觀風危堞與雲齊楼下開門畫戟西鼓角聲沉絲管沸

卷簾晴黛遠山低

○○前題　　范仲淹

高壓郡西城觀風不浪名山川千里色語笑萬家聲碧

寺烟中静虹橋柳際明登臨豈劉白滿目見詩情

○○前題　　耿元昂

西楼一曲舊笙歌千古當楼面翠峨花發花残香徑雨

月生月落洞庭波地雄鼓角秋聲壯天迥闌干夕照多
四百年来逢妙手要看風物似元和

○○西楼感懷　章造

高花古柳傍城闉游目江城次第新百感中来倍惆悵
満城煙雨満城春

○西楼在郡治子城西門之上唐舊名西楼後更為觀
風楼今復舊紹興十五年郡守王㬇重建二十年郡
守徐琛篆額下臨市橋曰金母橋亦取西向之義㬇初
落成郡人競獻詩以進士耿元鼎所賦為最

介菴銘　梅摯

表署西北有堂曰木蘭堂之南有臺曰凌雲灌木駢生其上臺下有故園廢洞址在焉予因訪陳跡通其塞而菴之惜乎予立一隅中無長物入之者志意斂然思有所守宜介其名而銘之菴非廣居介不兼濟有守退公杖而獨詣心淵坐澄默與真契嗚呼公怒賊私不還而霽私欲蠹公不萌而制世紛萬殊浩乎無際何以靖之曰思無邪一言以蔽慶曆八年九月二十五日尚書戶部員外郎知蘇州軍州事梅摯立

○介菴慶曆八年郡守梅摯建在木蘭堂南凌雲臺下○摯作銘刻石後菴入通判東廳久亦廢而銘石尚在、○蓋兵火更張官廨多失其舊也

○○靈芝坊　　蔣堂

黄囷誕丘園靈堪配醴泉至和非我召美化自公宣秀色隣三徑幽光被一廛時髦秉筆者為我列詩編

○○又

使君有意飾門閭雅為靈芝揭表初榰隱溪邊往還者從兹認得野人居

○靈芝坊初名雞老坊蔣堂謝事所居李之儀作范正平遺錄云胡文恭公宿為諸生時嘗受學于蔣堂文恭守吳郡蔣居第表為雞老坊蔣不樂曰此俚俗歆艷內不足而假之人以誇者非所望于故人願即撤去胡乃用蔣氏嘗有芝草之瑞更名靈芝按堂皇祐六年三月作平江軍新修大廳記云當兵部員外郎李公晉卿守屏之明年十月修此廳又有因芝草生謝兵部詩據此則所謂兵部者正謂李晉卿而揭靈芝于坊表者亦李也李之儀所記乃謂揭坊名為

○胡宿疑有誤又按胡宿墓誌自祠部員外郎判度支○後知蘇州蓋未嘗為兵部其為晉卿無疑晉卿逸其名○令太守題名皆不著胡李蓋闕文方芝產時堂有詩記之

○○留客亭　曾幾

逮子作亭于官舍明清堂之後種竹殆千竿餘名其亭以留客取老杜竹深留客處之句因題二小詩云

行到竹窮處有亭佳可游境因吾子勝客為此君留娟淨經時雨蕭梢六月秋豈無他草樹涇渭不同流

種竹無他事林間與客游自應携手入安用閉門留靜

可消僧夏清宜對奕秋衰翁九節杖来往亦風流

○○　和前韵　沈文度

汩〻多歷事長懷鳩杖游每因門可款豈爲醉相留静契竹林勝幽非草樹秋公今國耆艾砥柱屹中流

持節推仍世林園記昔游深藏事幽討長嚮詎淹留已見山無盜欣聞歲有秋時容一嘯詠窃比晋名流、

○提點刑獄司在烏鵲橋西北紹興元年建廳事後曰[illegible]

○明清堂〻後小圃種竹有亭曰留客曾逮叔逮父文

○清公幾命名且作詩徐藏隷額乾道九年諸路添置

○武提刑一員遂于舊司之東撤去幹官廨宇以其地
○作東廳比年省罷使者来從其便而居焉

○○浙西提刑司題名記　　陳賈

淳熙三年直龍圖閣陳公由浙東常平使者按刑西道
領刺史韓公由浙東刑獄使者奉祠三衢同時被命以
西二公前日僚舊也弭節未幾聲諧志合風績俱茂暇
日因相語曰凡官守必有所謂壁記是司也獨缺焉其
名氏官職與夫在事之歲月久而遂泯不可復知非所
以隆一臺詔後世也于是捜閲案牘自建炎迄今居是

官者得四十有二人焉将鑱石龕置壁間俾賈為之記
惟按刑遣使國家令典也漢綦勝之為直指使者行郡
國而謹督捕唐顔真卿為監察御史使五原而決寃獄
事固甚類然未有專為刑獄著之令甲者一本朝列聖
相承子視元元、欽恤刑章在淳化中始遣常叅官提點
刑
諸路刑獄景德以来始兼用武臣厥後沿革因時或省
或置汗青所載可考而知一聖上龍飛惟祖宗成憲是
循用文武長材求之如不及乃乾道二年遵景德故事
制詔諸路各置武提刑一員與文臣合臺共治惟時两

浙古一道也熙寧末年岐而復合建炎以後復析而東西之浙西在今實為畿甸異時遣使視他路尤切注意今陳公以名御史韓公以左右信臣為之皇華得人於斯為盛恭聞真宗皇帝嘗命資政殿大學士向敏中較諸路提刑所上課績惟兩浙有奏報雪活冤獄者遽命陞其等級以示旌勸今日考覈之意同符真宗則奏最九重必有非常之寵又當自二公始故賈敢忘屬吏之賤學殖之荒落而記不敢辭淳熙四年四月日奉議郎知常州武進縣主管勸農公事借緋陳賈記

○浙西提舉司題名記　徐康

官舍題名其来久矣非特紀歲月次先後而其人之賢、不肖治行之能否亦由此可考焉自守令而下凡在官州未之或廢也初元豐崇寧之間嘗遣廷臣分行諸路號提舉措置鹽事除授繼踵而屢經罷省政和之二年始罷官鬻行新鈔鹽法于是兩河二浙荆湖江淮復置提舉司以總之宣和五年又分淮浙為西路則八州軍三十八縣隸焉治平江府今在府治之東廳事獨無記康之承乏又當兵火後案籍殘缺欲為之而未暇會朝廷纂修先帝實錄史官移文郡縣諸司取會題名于是綱羅闕遺訪問故老得承議郎王晋明而下訖于朝請大夫石彦和凡三十人皆以月日為次其未分路則或治會稽非今所部書次以著其始而闕其所不可考者裒而刻諸石以備採擇焉惟政事之在天下莫如財用而山澤之利常居其半管仲治齊謹正塩筴國以富饒用能成九合之功自漢唐以来塩鐵榷酒均輸之議紛〻不同而常為國家大計所以制四夷安邊足用之本善乎魏尚書邢巒之言聖人斂山澤之貨以寛田疇之賦

收關市之征以助什一之儲取此與彼非為身也御史中尉甄琛請弛河東鹽池之禁以為〻民父母而吝其醯醢兼有群生而榷其一物是專奉口腹而不及四體也巒譏之曰坐談則理高行之則事闕于時咸以為然世宗卒從琛議其後豪貴封護甚于官司乃復禁如初夫古今異宜治非一軌下三章之約於結繩之代猶為寬網太古之無事後世非所及而欲虞衡之官捐利予民安在其為知務也與其賦外橫斂曷若榷制商賈為不失重輕之術哉為今之法者迹是矣鈔有茶監香礬四等

茶塩之課故歲至七百萬緡塩利居茶之四並海縣道煑水者六所額以觧計歲常不下百五十萬則所以裨國計以恢復之功者夫豈少哉而康獨有感焉者四民之中農爲最勞以其終歲勤動寒耕而熱耘也今所謂亭户則過于此加以負山帶海頑獷成俗急趨利而輕犯法使輸貨于官者價直以時毋或高下則盜販息盜販息則抵罪少犴獄簡不但公家利其入而已故樂以告後之人㕔初建官兼治香礬後不復較而以摘山煑海正其名稱謂之提舉茶塩公事司蓋自宣和七

年始也紹興十年七月十六日右奉議郎提舉兩浙西路茶塩公事徐康記

其間若十老序郡中西園西楼雪燕及浙西題名併後第九卷之嘉定縣省劄悉校補訂正

登姑蘇臺賦　任公叔

司馬遷世掌天官才稱良史探禹穴之遺跡紀吴國之舊軌乃撫然而嘻曰登此姑蘇之墟淹留兮躊躇感斯宇之基爲沼而仲雍之祀忽諸我聞周道既衰諸侯狎主中無霸主鑾戎振旅始闔閭以信威繼夫差以振武

斜與勁越同壤右以强楚為隣内有高臺之築外有遠
略之勤積如莽而暴骨亦如仇而視人是以疆場日駭
板築未彌方五載而厥成造中天而特起因累土以臺
高究岳立而山峙或比象于巫廬之峰或倒影于滄浪
之水悉人之力以為美觀厚人之澤以為侈靡斯寔累、
卵於九層夫何見乎三百里野語有之曰川壅則潰月
盈而反善敗由己吉凶何常矧謀主之賜劍若涉川兮
無梁以為棲越以求覇卒見豢吳而受殃客自南鄙觀
於江濆徘徊舊德惆悵前聞試游目于寥廓曾是歸然

吳都文都　三十七　卷二

而参雲聽逆詹而翳諫竟麋鹿而為群高天放曠平湖泱漭奕奕孤嶼茫茫極浦悲旱雁于海風嘯高鴟于江雨况復関梁坐隔羈旅增愁山木将落汀葭氣秋思美人兮子胥何為懷直道而驟諫遭重昏之見危将漁父以抗跡且垂釣于江湄高臺既傾夕露沾衣感范國之不及冀萊人之與歸者也

又　　崔鶠

崔子勤學少閒與客遊於横山之下有臺巋然出于群山荒基峻級高切雲閒荊棘為之蒙翳麋鹿為之迴環

余語諸客此何所也客曰子不聞吴都之壯麗乎造姑蘇之高臺臨四遠而特建此其遺址也余乃倚杖而立喟然而歎曰盖聞吴王之築斯臺也受隣越之貢竭全吴之力千夫吟山萬人道泣三年而聚材五年而有立佩茂苑于長洲帶　池以朝夕自以為天下之奇觀也而今安在哉神材異木飾巧窮奇黄金之楹白壁之楣龍蛇刻畫燦燦生輝而今安在哉于是與客傴僂而上抵其上之絶嶺快四面之遐覩南望洞庭夫椒之山湖水澄澈其名銷夏灣者吴王避暑之所也北望靈巖館

娃之宮廊曰響屧徑曰採香者吴之別館西子之遺踪也其東吴城射臺巍巍其西胥山九曲之逵至於典樂有城玩華有池走犬有塘蓄雞有陂猶不足以充其欲也又侈斯臺以為娛嬉嗚呼雕楹鏤檻者丘墟之幾也九層百仞者汙池之漸也瑶臺作而夏衰瓊室考而商危章華成而楚衆叛阿房出而秦人離斯喪亂之必然曷吴王之不思也哉方其酌淥酃賦珍羞置酒若淮泗積肴如山丘其宴樂固極矣而不知會稽之上飲食嘗胆方焦思而深謀旁籠西山俯視太湖憑高望遠三百

餘里其登覽固廣矣而不知笠澤之畔銜枚仆鼓忽潛、軍而夜濟是以橫塘之浦僅通而越来之溪已遍高下之築未乾而勾踐之城已距于咫赤矣越来溪越王城皆在臺之左右詞未竟客悵然曰已矣乎古往今来邈矣悠哉蒼烟兮滿目舊事兮飛灰幸江山之不改兮後之人當有鑒于遺臺

○○姑蘇臺覽古　陳羽

憶昔吳王爭覇日歌謠滿耳上蘇臺三千宮女看花處人靜臺空花自開

○○又　　李白

舊苑荒臺楊柳新菱歌清唱不勝春只今惟有西江月

曾照吳王宮裏人

○○又　　曹鄴

吳宮酒未消又宴姑蘇臺美人和淚去半夜閶門開相

對正歌舞笑中聞鼓鼙星散九重門血流十二街一去

成萬古臺荒人不回時聞野田中拾得黃金釵

○○又有序二字小寫　　李紳

臺今遺跡平蕪連接靈巖寺採香徑響屧廊皆在寺內

州

越王獻吴王黄金鏤楣吴王所造姑蘇臺因獻楣遂以黄金畫飾楼以破其國詩云

越王巧破夫差國来獻黄金重雕刻西施酔舞花艷傾妒月嬌娥恣妖惑姑蘇百尺曉鋪開楼楣畫化黄金臺歌清管咽歡未極越師戈甲浮江来伍員抉目看吴滅范蠡全身霸西越寂寞千年盡古墟蕭條兩地皆明月靈巖香徑掩禪扉秋草荒凉徧落暉江浦廻看鷗鳥没碧峰斜見鷺鷥飛如今白髮星〻满郤作門官不閒散野寺經過懼悔尤公程廹蹙悲秋館吴鄉越國舊淹留

草樹烟霞昔徧游雲外夢䰟多感歎不惟惆悵到長洲

○○又　　羅隐

讓高泰伯開基日賢見延陵復命時未會子孫因底事觧崇臺榭為西施

○○又　　劉駕

句踐飲胆日吴酒香滿盃笙歌入海雲聲自姑蘇来西施舞初罷侍兒整金釵衆女不敢妒自比泉下泥越鼓收聲騰騰吴天隔塵埃難将甬東地更學會稽栖霸跡一朝盡草中棠梨開

○○又　劉禹錫

故國荒臺在前臨震澤波綺羅隨世盡麋鹿古時多築用金鎚力摧因石鼠窠昔年雕輦路惟有採樵歌

○○又　楊備

山花野草一荒丘雲裏驕奢舊跡留珠翠管絃人不見上頭麋鹿至今游

○姑蘇臺在姑蘇山舊圖經云在吴縣西三十里續圖經云三十五里一名姑蘇一名姑餘史記正義云在吴縣西南三十里横山西北麓姑蘇山上山水記云

闔閭作春夏遊焉又云夫差作臺三年不成積材五
年乃成造九曲路高見三百里勾踐欲伐吳于是作
栅楣嬰以白璧鏤以黄金狀如龍蛇獻吳王吳王大
悦受以起此臺越絶書云闔閭造九曲路以遊姑胥
之臺栅楣之義未詳此楣所謂神木一雙大二十圍
長五十尋者吳王將起臺子胥諫曰王既變禹之功
而高、下、以罷民於姑蘇吳民離矣弗聽洞冥記
云夫差築姑蘇之臺三年乃成周旋詰屈横亘五里
崇飾土木殫耗人力宫妓千人臺上别立春宵宫為

長夜之飲造千石酒鍾又作天池〻中造青龍舟〻中盛致女樂日與西施為嬉又于宮中作海靈館〻娃閣銅溝玉檻宮之楹榱皆珠玉飾之吴地記云闔閭十一年起臺于姑蘇山因山為名西南去國三十五里夫差復高而飾之越伐吴焚之又云闔閭十年築經五年始成高三百丈望見三百里造曲路以登臨吴王春夏遊姑蘇臺秋冬游館娃宮興樂華池南城之宮又獵于長洲之苑太史公云余登姑蘇臺望五湖按五湖去此臺南尚二十餘里越絶書云夫差伐

胥越范蠡洩庸帥師屯海道江以絕吳路敗太子友遂入吳國燒姑胥臺徙其大舟續圖經考之傳記謂闔閭食不二味居不重席器不雕鏤宮室不觀舟車不飾而吳越春秋言闔閭晝遊蘇臺盖此臺始基于闔閭而成於夫差庶可以合傳記之說云

○○館娃宮　殷堯藩

吳王愛歌舞夜〻醉嬋娟見日吹紅燭和塵掃翠鈿徒令勾踐覇不信子胥言莫問長洲艸荒涼無限年

○○傷吳中　李嘉祐

館娃宮中春已歸闔閭城頭鶯已飛復見花開人又老
橫塘寂寂柳依依憶昔吳王在宮闕館娃滿眼看花發
舞袖朝歡陌上春歌聲夜怨江邊月古來人事亦猶今
莫厭清觴與綠琴獨向西山聊一笑白雲芳草自知心

○○又　李紳

江雲斷續草綿連雲隔秋波草覆烟飄雪荻花鋪漲渚
變霜楓葉卷平田雀愁化水喧斜日鴻怨驚風叫暮天
因問館娃何所恨破吳紅臉尚開蓮

○○懷古　皮日休

艷骨已成蘭麝土，宮墻依舊壓層崖。琴堂而壞逢金族

香徑泥銷露玉釵。硯沼衹留溪鳥俗，屧廊空信野花埋。

姑蘇麋鹿真閒事，須為當時一愴懷。

又

綺閣飄香下太湖，亂兵侵曉上姑蘇。越王大有堪羞處，

衹把西施賺得吴。

又　陸龜蒙

三千雖甲水犀珠，半夜夫差國暗屠。猶有美人皆二八，

獨教西子占亡吴。

○館娃宫吴越春秋吴地記皆云闔閭城西有山號硯石山山在吴縣西三十里上有館娃宫又方言曰吴有館娃宫今靈巖寺即其地也山有琴臺西施洞硯池玩花池山前有採香徑皆宫之故跡

○○勾踐進西施賦以紅顔艷色反以昏哉為韻　徐寅

惑人之心兮惟巧惟僭破人之國兮以妖以艷當勾踐之密謀進西施而果驗昔者二國相吞陵卑恃尊殊不知卑則自亡而國存尊則謂明而反昏烏喙年年誓啄此夫差之肉稽山日日惟聽范蠡之言言曰伍員之賢東

吴之德伯嚭之佞東吴之賊德之盛兮越可憂賊之興兮吴可殛臣以夙夜而計机謀偶得欲狂敵國之君須中傾城之色待其聲色内伐君臣外惑自然紂妲已以亡宗晋驪姬而亂國今苧羅之山越水之灣恐是神仙之化忽生桃李之顔波淺丹臉鴉深緑鬟嚲翠黛兮悽難效浣輕紗兮妖且閑楊柳羞弱芙蓉耻殷可以变柳惠于莊嚴之際悦荆王于䰟夢之間臣請進焉王今何以王乃豁然而喜矍然而起曰此盖神假邦之碩畫人雪越之前恥乃命宝馬騰龍香車碾風迎織女于銀漢

聘姮娥于月宮炫燿雲外喧闐洞中粧成而瑞玉凝彩服麗而朝霞剪紅昨日猶賤今晨不同寧期大國之君流恩下及堪恨鄰家之婦謂妾常窮曉别越溪暮歸吴苑越慮計失吴嬿進晚歌一聲兮君𥈭醉笑百媚兮君心蹇坐令佞口因珠翠以興言立遣謀臣棄洪濤而不返勾踐乃走電驅雷星馳箭推投醪而士卒皆醉嘗胆以而胸襟洞開虎噬骨碎山崩卵摧楚腰衛鬢化為鬼鳳閣龍楣燒作灰于是命屠蘇之酒上姑蘇之臺伊覇業以何在俄英風而聿來於戲投忠賢而受佳麗欲不敗

而難哉

○西施洞在靈巖山之腰即館娃宮所在故西施洞在焉

吴都文粹卷第二

比

吴都文粹卷第三

宋　蘇臺鄭虎臣集編

○○吴王井　楊備

石甃遺踪傍古臺一泓寒影鑑光開何人照面金釵落
曾見越溪紅粉來

○吴王井在靈巖山腰大石泓也相傳為吴王避暑處
詳見靈巖山

○○響屧廊　王禹偁

廊壞空留響屧名為因西子遶廊行可憐伍相終屍諫

誰記當時曳履人

〇〇又前題　　楊備

步出香𨻶羅襪塵粉紅花艷㶑宫春傾城一笑無遺跡不見長廊響屧人

〇響屧廊在靈巖山寺相傳吴王令西施輩步屧廊虚而響故名今寺中以圓照塔前小斜廊爲之白樂天亦名鳴屧廊

〇〇採香逕　　楊備

館娃南面即香山畫舸争浮日往還翠蓋風翻紅袖影

芙蓉一路照波間

○採香逕即香山之傍小溪也吳王種香于香山使美人泛舟于溪以採今自靈巖山望之一水直如矢故俗又名箭逕

○○長洲苑吳苑校獵　孫逖

吳王初鼎跱羽獵騁雄才輦道閶門出軍容茂苑來山從列障轉江自遶村回劍騎緣汀入旌門隔嶼開合離紛若電馳逐隘成雷勝地虞人守歸舟漢女陪可憐夷漫處猶在洞庭隈山靜吟猶父城空應雉媒戎行委喬

木馬跡盡黃埃攬涕問遺老繁華安在哉

○長洲苑舊經云在縣西南七十里孟康曰以江水洲為苑韋昭云長洲在吳縣東枚乘說吳王濞云漢修治上林雜以離宮佳麗玩好圈守禽獸不知長洲之苑則知劉濞時嗣葺吳苑其盛尚如此

○○蠡口　楊備

覇越勳名間世才五湖烟浪一帆開猶防鳥喙傷同輩此地復招文種回

○蠡口在齊門之北又有蠡塘在婁門之東相傳鴟夷

子乘扁舟下五湖潜過此以出招大夫種因以名之

○毛公壇　白居易

毛公壇上片雲閒得道何年去不還千載鶴翎歸碧落五湖空鎮萬重山

○前題　皮日休　陸龜蒙

却上南山路松竹儼如廡松根礙幽徑孱顔不能斧擺綫跨亂雲側巾蹲怪樹三休且半日始到毛公塢兩水合一澗潨崖却為浦相敵百千戰共攝十萬鼓噴散日月精射破神仙府唯愁絶地脉又恐折天柱一窺耳目

眩再聽毛髮豎次到鍊丹井〻榦翳宿莽下有藥剛丹勺之百疾愈凝於白獺髓湛似桐馬乳黄、露醒齒牙碧、粘甘肺腑檜異松復怪枯踈互撐拄乾蛟一百丈髐然半天舞下有毛公壇〻方不盈畝當時雲龍篆一片蘚苔古（有劉先生鎮壇符今存于堂）時〻仙禽来忽〻祥烟聚我愛周息元忽起應明主（周徵君名息元）三諫却歸来回頭唾絓組伊余何不幸斯人不復睹如何大開口與世争枯腐將山待夸娥以肉投猰㺄欻坐侵桂陰不知已與午兹地足靈境他年終結字敢道萬石君輕于一絲縷

陸龜蒙

○○前題

古有韓終道授之劉先生身如碧鳳皇羽翼披輕〻先生盛馳役臣伏甲与丁勢可倒五岳不惟鞭群霆飄颻駕翔螭白日朝太清空遺古壇在稠疊烟蘿屏遠懷步罡夕列宿森然明四角鎮露獸三層差羽嬰回眸聆七炁運足馳跡星象外真既感區中道俄成迩来向千祀雲嶠空崢嶸石上橘花落石根瑶草青時〻白鹿下此外無人行我訪岑寂境自言齋戒精如今君安死（字君安）魂魄猶羶腥有笈皆緑字有芝皆紫莖相將望瀛島浩蕩淩滄溟、

○毛公壇即毛公壇福地在洞庭山中漢劉根得道處也根既仙身生綠毛人或見之故名毛公今有石壇在觀傍猶漢物也

○○虎丘古杉　皮日休　陸龜蒙

前題

種日應逢晉枯來必自隋 缺

後凋依佛氏初植必僧彌 缺

○虎丘寺古杉在殿前相傳為晉王珉所植唐末猶在形狀甚怪不可圖畫皮日休稱其死抱奇節不知雨露之可生即是時已枯日休詩曰種日應逢晉枯來

必自隋陸龜蒙亦曰後凋依佛氏初植必僧彌寺蓋王氏別墅僧彌珉小字也

臨頓　皮日休

一方瀟洒地之子獨深居遶屋親栽竹堆床手寫書高風翔砌鳥暴雨失池魚暗識歸山計村邉買鹿車籬疎從綠槿簷亂任黃茅壓酒移溪石煎茶拾野巢靜窓懸雨笠閒壁挂烟匏支遁今無骨誰為世外交繭稀初上簇醅盡未乾床盡日留蚕母移時祭馬王趂泉澆竹急候雨種蓮忙更葺園中景應爲顧辟疆

靜僻無人到幽深每自知鶴来添口数琴到益家資壞
塹生魚沫頽蓬落燕兒空将緑蕉葉来往寄閒詩
夏過無擔石日高開板扉僧雖與筒簟人不典蕉衣鶴
靜共眠覺鷺馴同徑歸生公石上月向夕約談微
經歲岸烏紗讀書三十車水痕侵病竹蛛網上衰花詩
任傳漁客衣從遁酒家知君秋晚事白幘刈胡麻
寂歷秋懷動蕭條夏思殘久貧空酒庫多病来漁竿玄
想凝鶴扇清齋拂鹿冠夢魂無俗事夜〻到金壇
閒門無一事安穩卧凉天砌下翹飢鶴庭陰落病蟬倚

杉閒把易烧术静論玄賴有包山客時〻寄紫泉
病起扶靈壽翛然强到門與杉除敗葉為石整危根薜
蔓狂遮壁蓮莖臥　盆明朝有忭事召客斲桐孫
緩頰稍無利低眉號不能世情都太薄俗意就中憎雲
態不知驟鶴情非會徵藎臣誰奉詔來此寫姜肱

○○　前題十首　　陸龜蒙

近来惟樂静移傍故城居閒打修琴料時封謝藥書夜
停江上鳥晴晒簑中魚出亦圖何事無勞置栈車
倩人醫病樹看僕補衡茅散髮還同阮無心敢慕巢簡

便書露竹樽待破霜匏日好林間坐烟蘿近欲交
倭僧畄海紙山匠製雲床懶外應無敵貧中直是王池
平鷗思喜花盡蝶情忙欲問新秋計菱絲一畝疆
故山空自擲當路竟誰知衹有經時策全無養拙資病
深憐炎客炊晚信樵兒謾欲陳風俗周官未採詩
福地能容塹玄開詎有扉靜思瓊板字閑洗鉄笻衣鳥
破涼烟下人衝暮雨歸故園秋草夢猶記綠微、
水影沉魚器鄰聲動緯車燕輕梢墜葉蜂懶卧蕉花説
史評諸例論兵到百家明時如不用歸去種桑麻

禹穴奇編鈌雷平異境残静吟封籙檢歸興削帆竿白
石堪為飯青蘿好作冠幾時當斗柄同上步罡壇
强起披衣坐徐行處暑天上增来鬪雀移樹出驚蟬莫
問薀車駿誰看醬瓿玄黄金如可化相近買雲泉
野入青蕪巷陂侵白竹門風高開栗刺沙淺露芹根迅
鼠緣藤桁飢烏立石盆東吴雖不改誰是武王孫
踈慵真有素時勢盡無能風月雖為敵林泉幸未憎酒
杯經夏闕詩債待秋徵祇有君同僻閒来對曲肱
○臨頓舊為吴中勝地陸龜蒙居之不出郛郭曠若郊

墅今城東北有臨頓橋皮陸皆有詩

○○重玄寺藥圃　皮日休

雨滌烟鋤傴僂賫紺芽紅甲兩三畦藥名却笑桐君少年紀翻嫌竹祖低白石靜敲蒸朮火清泉閑洗種花泥怪來昨日休持鉢一尺彫胡似掌齊

香蔓朦朧覆昔邪檜烟杉露濕袈裟石盆換水撈松葉竹逕遷牀避筍芽藜杖移時挑細藥銅缾盡日灌幽花支公謾道憐神駿不及今朝種一麻

○重玄寺藥圃唐末僧元達年逾八十好種名藥凡所

植者多致自天台四明包山句曲叢萃紛糅各可指、
名皮日休嘗訪之而題詩
○○忠國師庵　　頓在鎔
蒼島孤生白浪中倚天高塔勢翻空烟凝遠岫列寒翠
霜染疎林墜落紅溪渚式棲彭澤雁樓臺深貯洞庭風
六時金磬落何處偏傍蒿叢驚釣翁
○忠國師庵基在穹窿山绝頂疊石究然唐顧在鎔
題在光福山寺墨跡猶存
○○洗馬池在府學之南　　楊備

一一犖来種是龍臨深欲下更嘶風金鞍玉勒抛何處
騰踏渥洼寒影中
○○　真宗皇帝御製賜平江軍節度使丁謂詩并
序
卿黄閣同寅實彰于盡瘁碧幢臨鎮方屬于報功言當
入謝之辰特賜褒賢之作因成七言四韻詩一首賜新
授蘇州節度使
懿詞碩畫播朝中造膝諳謀禮遇豐文石延登彰美順
高才前道表疇庸書生仗鉞今尤貴舊里分符古罕逢

晝錦買臣安敢比黄樞早日接從容

〃〃　丁謂次韻

白麻初降紫宸中簪組相驚帝澤豐驟陟將壇知遇偶久成台席愧材庸桑榆便覺人間別旌戟猶疑夢裡逢已是都城聳崇觀更須天唱耀戎容

〇〇　復賜

卿名藩出鎮雖極于倚毗文陛言辭良多於眷注特示寵行之什用增方面之崇今成五言十韻一首賜蘇州節度使丁謂

踐歷功皆著諮謀務必成懿才符曩彥佳器貫時英俾展經綸業旋升輔弼榮嘉亨忻感遇盡瘁罄純 誠均逸明恩洽疇勞茂典行白麻三殿曉紅旆九衢平雖徹嚴凝任尤增倚注情擁旄辭帝闕頓轡望都城風景高秋月烟波幾舍程想鄉懷感意常是夢神京

〇〇 謂復次韻

叨竊逢嘉會孤单荷曲成高車陪上宰密室側群英步武清華地優游侍從榮勤劬期薄效忠謹誓明誠方畏官箴失俄驚寵命行冒恩心易感恋聖意難平未副宵

衣念寧安晝錦情摇〻千里棹舂〻九重城茁旆輝登
路瓊章耀去程子年牽望屢金闕玉為京

〇〇跋　丁謂

臣謂材庸無取聲猷不揚徒以遭遇盛明忝冒榮寵掌
邦計參國政一紀於兹賛皇猷相盛則百禮斯舉位重
逾量恩深積憂蓋早負官箴久妨賢路或驟掇物論則
大辜聖知優退是希陳露未暇去年秋九月甲辰忽奉
制命遥登將壇進崇秩于上公建高牙於故里君親奇
遇臣子殊榮授命之初便殿賜對天語撫勞睿旨温密

至感至恋且拜且泣十一日復對于宣和門賜御製入
謝日七言四韻詩一首十九日朝辭于長春殿賜御製
寵行五言十韻詩一首皆俾和進丹文緑字親奉于紫
清雲笈芝函頒流于衛汲簪纓聳觀油素騰芳璧日九
華但罔首以拭目薰絃六変鼙方輿而悦心期大播於
玉音敢盡刊于金字蘸墨粤壤鍾阜名區並謹歲時永
昭感美
大宋天禧元年歲次丁巳正月二十六日推誠保德翊
戴功臣金紫光禄大夫檢校太尉使持節蘇州諸軍事

蘇州刺史充平江軍節度蘇州管内觀察處置提堰橋
道等使知昇州軍州事兼御史大夫上柱國濟陽郡開
國公食邑三千五百户食實封一千二百户臣丁謂
○本朝大中祥符九年拜叅知政事丁謂平江軍節度
使知昇州謂郡人建節本鎮一時為榮真宗皇帝賜
以御製詩尤為盛事詳具謂䟦中
○○吴人歌
絖如打五鼓鷄鳴天欲曙鄧侯挽不来謝令推不去
○牧守鄧攸清和平簡方正寡欲為吴郡太守載米之

郡俸無所受惟飲吳水而已時郡中大飢攸奏賑貸未報乃輒開倉救之郡政清明百姓歡悅為中興良守後稱疾去職郡常有送迎錢數百萬攸不受一錢百姓數千人牽攸船不得進攸乃少停夜乃發去吳人歌之云云百姓詣臺乞留一歲不聽

○○牧守王規謝章　簡文帝

方當駕吉祥之車入句吳之地驅緹扇之馬撫奉德之鄉製錦何階棼絲方始

○王規字威明神丰標映時稱俊人為吳郡太守簡文

帝為作謝章曰云云主書芮珍宗家在吴前守宰皆傾意附之珍宗假還規遇之甚薄俄召為左户尚書郡境千餘人詣闕請留表三奏不許求于郡立碑許之

○○博盧　馮袞

八尺臺盤照面新千金一擲鬬精神合是賭時須賭取不妨回首乞閑人

○唐馮袞治蘇州郡政優游暇日輒縱飲博因會賓僚擲盧馮大勝以所得均遺一座乃吟曰云云唐郡守

縱放如此出抒情詩

○○夜遊武丘山　白居易

領郡時將久遊山數幾何一年十二度非少亦非多

白樂天穆宗時以太子左庶子分司東都拜蘇州刺史病免樂天爲郡時多游賞携蟬滿容態等十妓夜遊武丘山又賦紀游詩云云

○○本朝牧守題名記

平江吴故郡控帶楚越形勢風物自爲一都會本朝命守多一時聞人今宝文閣直學士王公顯道由工部侍

葉芳得

郎来鎮適當兵火擾攘之後前此臨治者類急于拊集流亡撫綏彫瘵未暇盡舉其所當為至顕道曰天下今定矣化行自内始相與奉承維持轉成永世之業實在四方之政於是官隳而廢職者民姦而干令者一董振之凡閭里疾苦朝聞夕行異時調度不給或不得已取於民皆罷之未幾咸信而畏之上下秩、有序蠹弊剗革幽枉宣達府庫有餘積而歛不加廣益修城池興學校嚴舍館以待賓旅之至期年郡以無事先是高祖太、師景德中嘗領是拜至嘉祐中伯祖侍郎復繼之逮顕道百餘年閒王氏之爲平江者三皆有績在人士大夫以爲美談郡舊有太守題名記先後迭代序次惟謹亡於煨燼顗道訪之久不得乃更代石追修故事以遺来者而求文于余以識其始善惡之在天下固不可欺也未嘗無公論然必待久而後能定彼翕翕猶俗掠取湏史之譽與所設施或未能窺其成而妄意有不滿者徐以占于後則昭然如黑之與白其誰敢誣今郡爲題名記所在而有豈是表姓氏紀歲月而已哉抑善者其傳猶未泯吾得以考其不善者推其所以失亦足以戒各

以效其材而成其志則雖遐方幽遠之邦可使如在輦轂而況其近者乎乃為之書且以塗之言得于顯道者載焉紹興十五年十月望日觀文殿學士右通議大夫提舉臨安府洞霄宮葉夢得記并書

○○狀元語

湖接兩頭蘇聯三尾　嵐齋録

○唐鄭渾之咸通末為蘇州督郵談銖為塩院官鐘福為院巡時湖州牧李起及趙蒙俱狀元人語曰云云

○○朱花石　賈公望

倏忽向六十萍逢無奈何丹心猶奮迅白首分蹉跎正
直士流少傾斜朋類多陽光一銷鑠不復見妖魔
○賈公望字表之嘗爲郡通判時朱勔父子昺盛奔競
者争趨其門公望疾之有詩云云　勔之子賜金帶公
望亦衣三品服偶次朝拜會天慶觀中朱從者見公
望所佩魚睨而視之公望厲聲叱之曰此是年及得來
非緣花石左右皆錯愕朱大銜之竟擠之罷去

○○重修泰伯廟記　　曾幾

在禮祭法聖王之制祭祀其法五其人之應法者十有

四皆古大聖賢有大功烈于民者非此族也不在祀典夫以大聖賢有大功烈而祀之固宜然祀有祈焉其施于民又厚厚施不報神其不吐之乎報之之道不獨牲牢酒醴而已千里之邦必有祠所社稷則有壇先哲則有廟後世於廟尤極其尊嚴崇像設儼侍衛見之者凜如也水潦必祈旱暵必祈皆長吏之常事應而有報亦事之常儻入其門陟其堂神所馮依曽不足以障風雨區區樽罍簠簋何施之厚而報之薄歟吴門巨藩神祠之載祀典者十数而泰伯廟爲雄甚東漢永興二年郡守

麇豹聳建于閶門外吴越武肅王錢氏始内徙之　國朝元祐間太守黄履歷考前政若梅詢若范仲淹若孫覺輩数公淫潦有祈靡不響荅列其事于朝有詔號至德廟崇寧元祀守臣吴伯舉請疏上爵有詔封至德侯建炎擾攘鞠為灰燼厥後草創殆無以揭虔妥靈今天子拔沈公于尚書郎以真[直]秘閣尹是府至則訪及民利病以次罷行之其為政寛嚴詳簡允蹈厥中治人事神罔不祇肅隆興三歲天作淫而害于穡事民不奠居乾道改元春三月公飭躬齋紱[祓]走祠下而祈焉神顧享之

是歲麥以有秋府從事請具牢醴以謝公曰不敢廢也然昌足以報萬分之一於是邦人合詞而進曰侯之施甚厚而廟貌不治之日久大懼神或怨恫祥慶弗下願悉力而改造之公曰是吾心也涓日協辰得夏五月庚戌吉乃致昭告乃鳩良工斥少府之餘合私橐之助壞材堅甓櫛比崇墉宏舊基植高棟抗修梁藩垣堦戺盡革而一新之塑繪之容若欣欣然有喜色民無老稚相扶攜以觀厥成皆以手加額曰美哉輪焉誠足以塞民望而報神施矣風霽雨休禾則大熟秋九月甲子落成幾

就養府下目覩祈應爲不誣公屬幾記其寔既牢辭弗
獲命若虚公之辱是終無以揚休事而告後人也于是
乎書左通議大夫充敷文閣待制致仕曾幾記

○○泰伯廟　皮日休

一廟争祠兩讓君幾千年後轉清芬當時盡解稱高義
誰敢教他莽臣

○○又　陸龜蒙

故國城荒德未荒年年椒奠濕中堂迩来父子争天下
不信人間有讓王

○○又　張詠

至德本無名宣尼以此評能將天下讓知有聖人生南國奔方遠西山道始亨英靈豈不在千古大江橫

○○又　蔣堂

泰伯何為者不以身為身遜避天下位奔走勾吴濱隱德昭來世遺祀傳斯民吁此廉讓國合生廉讓人

○○迎享送神辭三章　龔順正

翼翼兮新宮蘭栭兮枅桂祥氛總總兮高靈下隊君視八紘兮昔何殊于棄屣今復何有兮一席之壝惠我吴

人兮曷日以弭于嗟君来兮我心則喜来不来兮我忘

食事

○○○ 右迎

登歌兮堂上屢舞兮堂下君来享兮清酤溪毛陸離兮

筐筥蓴鄉芳鮮兮亦有肥羜君不来兮使我心苦

○○○ 右享

車兮載旂舟兮揚颿鼓咽咽兮君當還君肯来兮尚盤

桓我心煢煢兮其無端君不我留兮下土囂煩福我昊

人兮無疾無患千秋萬歲兮歌至德以何言

○○○右送

○至德廟即泰伯廟東漢永興二年郡守麋豹建于閶門外辨疑志載吳閶門外有泰伯廟〻東又有一宅祀泰伯長子三郎吳越錢武肅王始徙之城中纂異記又云吳泰伯廟在閶門西皮日休詩云一廟爭祠兩讓君蓋并祠仲雍舊矣今廟在閶門内東行半里餘門有大橋號至德橋乾道元年郡守沈度重建．

○○夫差廟　陳羽

姑蘇臺畔千年木刻作夫差廟裡神幡盖寂寥塵土滿

不知簫鼓樂何人

○○又　張詠

由来邪正是安危不信忠良任伯嚭自古家〻有容冶

何須亡國殢西施

○吳王夫差廟今村落間有之舊廟無攷鑑誡録云世〻

傳此廟拆姑蘇臺木搬成唐陳羽秀才嘗題夫差廟

時人謂之題破此廟

○○伍員廟　簡文帝

立國資孝本循忠全令名舟裡多奇計蘆中復吐誠偃

月文吴艦魚麗入楚兵九功推妙筭千載藉餘聲洪濤猶鼓怒靈廟尚凄清行潦承椒奠宮懸雜鳳笙無勞晋后壁詎用楚臣纓客樹臨寒水蹤扉望遠城窓寮野霧入衣帳積苔生帷有三春鳥斂翅時迎逢

○○又　　張詠

胥也應無憾至哉忠孝門生能酹楚怨死可報吴恩直氣海濤在片心江月存悠〻當日者千載祗慚䰟

○伍員廟在胥口胥山之上盖自員死後吴人即立此廟乾道間復修之規製猶陋盤門裡又有廟即雙

廟是也

○○南雙廟記　蔡京

今天子即位元年愛重黎庶慎　牧守詔以左史吴公、為直秘閣知蘇州公至期歲政化大洽奸盗屏斥牒訟踈簡民用康靖公曰噫嘻先成民而後致力于神古之善經也今俗且治矣其録境内神祠廢壞者以公帑所餘畢修之使安定休止無有祟厲為吾民憂吏白城西南隅有舊廟二荒　按圖經暨州縣版祝所稱一為永昌武大王一為福順賢德王而邦人由閭閻市井及學士大夫自昔相傳皆以為伍子胥廟歲時祭享甚盛雖然同辭莫可奪也或言故隋將陳杲仁嘗以陰兵助錢氏伐淮寇有功錢氏崇報之請於梁朝封福順王又使諸郡皆為建廟則福順之號為杲仁無疑至永昌之稱杳邈不可稽攷不知為何時人今邦人獨以子胥之故願衆私出力以卒營繕協謀齊慮鳩工類封填郛溢郭奔走相屬惟恐其後故月不更朔而廟已嶄新今或稱號仍舊殆恐無以安子胥之靈而失邦人所以宇廟本意敢以為請公曰然昔吴瀕海建國恃水作險内

虞氾濫外闕守禦黿鼉之与渚而魚鱉之与居肇自子、
胥相土味水築置城郭寔倉治廩兵庫闢門二八以象
風卦始能啟塞有時疏導無壅除昏墊蕩析之虞而存
抱關擊柝之警更祀幾百歷載餘千其城域門號至今
因之而不变是子胥常能安吾民也不顧小義卒雪大
耻勇于納諫以至殞身二者皆人之所難昔日之不死
葢以為吾父今日之死盖以為吾君由前足以教人之
為孝由後足以教人之為忠、孝之跡昭著前史殊尤
卓絶震暴耳目匹夫匹婦可以与知及其久也宜胥化

焉故後漢太守麋豹按行屬城問風俗所尚其功曹唐景曰虞家無不孝之子立廟無不忠之臣倘非漸漬餘風被服成俗疇能臻此哉是子胥常能教吾民也既能安之又能教之由父傳子由子傳孫綿綿聯聯以至今日厥德茂矣宜當血食此地而廟貌不立於城域乃至斯民憑假他祠以崇敬奉此殆疇昔守職者之闕吾敢不勉祭法曰法施于民則祀之以死勤事則祀之以勞定國則祀之非此族也不在祀典今福順雖有功異代、事跡僅存民弗敬慕蓋托子胥獲享不替而武氏名字功德闕然湮滅無所考證使子胥不忘斯民實鑒臨之則武亦安敢正宁而饗也禮固有以義起者吾將請于天子冀正英烈之號以嘉廟額而用丕承民志殆或可乎武林元時敏曰好惡靡常莫能自克惟民爲然古之君子因民所好之善而導之反民所好之非而禁之好惡得正而其治成矣鄭人欲祀伯有子産從而封焉鄴人欲祭河伯西門豹從而禁焉二子豈異意哉顧民好惡有當否也今吾民顧祀子胥甚勤是知有功之不可忘而忠孝之可勸也因而導之使成于善此所謂不嚴而

治者顧豈俗吏之所能也耶今公一舉廢事而順于民安于神又足為天下之勸三善備矣不可不書也于是乎書建中靖國元年十二月二十二日記

●南雙廟在盤門内城之西隅二廟左英烈王伍員右福順王隋陳果仁也果仁又稱武烈帝或云五代初常潤尚屬淮南果仁廟在常潤間錢氏得常潤遂移廟于蘇按吴志孫權既稱尊號謚堅曰武烈皇帝帝號與果仁同況堅墓西地記謂在城南一里許去盤門密邇疑此廟恐是祠堅爾建中靖國中太守吴

伯舉重修是時蔡京自翰長罷過吴門爲作記并書

題

○○春申君廟記

趙居貞

輶軒涖郡十有一月矣猥以薄材謬承重寄歘自淮服半刺超為江南方伯郡領二十地亘五千里皇皇者華幾慚輝道兢兢其志常戒飲冰周爰咨詢申命行事損以懲忿窒欲益以改過遷善豺狼擁路埋輪以遂之騏驥伏櫪攬轡以騁之宣王化而盡覺風行安甿心而不知日用寬猛相濟威恩兼洽長吏肅警疆土乂寧日月其

除氷霜再履始也務不暇給今也處有餘閒别祈神仙獲歲豐稔秉公堂之宴縱靈廟之游城不復隍樹先禁伐闔陬荒以毁梁木小而摧乃喟然嘆曰神必依人人茲望福依無所據福安來哉昔越踐滅吴楚威滅越考烈王繼立春申君登相封江東之巨縣城吴墟爲大都〻專主威權救國灾患與趙魏爲四公子招賓旅有三千人擠聘使之玳簪誇上客之珠履王久無嗣君方患之璪兮李園托其女弟既歆然而有娠遂秘之以献王〻乃殂落子爲君主无妄之人靡信无妄之禍遄興舍人

其亡死士常偵棘門之下萬里相催天乎天乎胡寧忍此令尹多居郢國假君常守吴宫烏焚其巢何笑號之先後蛟没其舳緊父子之沉埋夷盡其家賊園之故一朝奠將滅口千古猶爲痛心今邦牧所居使臣所理故宫之内故事備聞于是大葺堂庭廣修偶像春申君正陽而坐宋朱英配享其側假君西廂視事上客東室齊班李園死士廙方授戮僕夫閑駿辰位呈形大雪久寃之硯更申如在之敬家屬穆穆展哀崇也儀衛肅肅振威名也巨木擁腫而皆古小栽青葱而悉新揔之一門是

謂神府宜正名于黃相削訛議于城隍昔韓整守吳敘
吳伯之廟太史適楚壯楚相之宮余顧蕪之言可則也
神有新宇享之落之人有貞石追之琢之我躬披文紀
之告之君宜容應祐之福之初余之拜命也表授廣陵
糾曹張顒兵曹蘇相為判官安喜尉李嵩為支使同郡
舊知精明深識異途新合歷落瓌材三人異有我師四
壯慎行爾職欽刷往賢之耻歎垂後昆之裕長史宋尚
主臣餘慶佑嶽良能司士楊彥琮每憂司存寔稱佳吏
預乎作廟翼翼觀乎降神欣欣咸亦相因斯焉附出唐天

寶單閼歲除日中散大夫守吳郡太守兼江南道採訪處置使柱國天水趙居貞記

○春申君廟在子城内西南隅即城隍神廟也

○○聖姑廟　皮日休

洛神有靈逸古廟臨空渚暴雨駁丹青荒蘿繞梁梠野風旋芝蓋飢烏啣椒糈寂寂落楓花時時鬪鼯鼠常云三五夕盡會妍神侶月下留紫姑霜中召青女俄然响環珮倏爾鳴机杼樂至有聞時香來無定處目瞪如有待魂斷空無語雲雨竟不生留情在何處

〇〇前題　陸龜蒙

渺渺洞庭水，盈盈芳嶼神因知古佳麗不獨湘夫人流
蘇蕩遥吹斜嶺生輕塵蜀綵駮霞碎吴綃盤露匀可憐
飛燕姿合是乘鸞賓坐想烟雨夕兼之花草春空登油
壁車窈窕誰相親好贈玉條脱堪携紫綸巾殷勤擬香
池重薦汀洲蘋明朝動蘭檝不翅星河津

〇聖姑廟在洞庭晋王彪二女相継卒民以為霊而祀
之紀聞云唐人記洞庭山聖姑祠廟云吴志姑姓李氏
有道術能履水行其夫殺之自死至唐中葉幾七百

年顏貌如生儼然側卧近遠祈禱者心至則能到廟
心若不至風廻其船無得達者今每日一沐浴爲除
爪甲傅粧粉形質柔弱只如熟睡盖得道者欲辨疑
志云唐大曆中吴郡太湖洞庭山中有昇姑寺有昇
姑廟其棺柩在廟中俗傳姑死已數百年其貌如生
遠近求賽歲獻衣服粧粉不絶人有欲觀者其巫秘
吝不可云開即有風雨之變村廬敬事無敢窃窺者
又云有見者衣裳儼然一如生人有李七郎荒狂不
惧程法率奴客啟棺視之唯朽骨髑髏而已亦無風

雨之變二說今皆無攷姑存舊迹云

○○靈姑廟碑陰記　　林戊

元符元年歲在戊寅夏吳中大旱徧禱羣祀略無應者是歲高田不穫人皆暍死負販之民皆捨其業而以售水自資涉冬至二年春夏之交舟車益不通百貨湧貴城中溝澮湮淤發爲疫氣通判軍州事朝請郎祝公適領郡事乃用故事早暮分禱于所宜祀者一日會承天寺客言此乃梁衛尉卿陸僧瓚捨其第爲之昔號廣德重玄寺陸卿有女子不嫁經營其事既死祠于寺之東

廡開寶中吴越忠懿王朝京師道出吴江大風幾覆舟見女子極之自言郡重玄寺神也本國加封號感應聖姑今里中事之甚敬公聞即謁且言明日致禱既歸宿齋于廳事擧家沐浴蔬食相約得雨而後復膳黎明躬至祠下載拜而言曰郡承連年之旱流亡疾沴相乘而作農事失時歲且大飢雖某有罪獲戾不逃然將爲國家之憂神其哀之能即致雨尚可救也屏息聽命寺僧献兆曰神告即雨衆甚不然憮然而退憩於齋堂左右告曰天油然作雲矣未及命駕注雨應至老幼懽呼于

道至有不忍以簦笠自庇者即日盈尺闔境告足自爾
有請必應如取所寄邦人無復水旱之憂歲大有年乃
具事白于外臺使者以聞詔書褒美特封慧感夫人秩
視公侯列于典祀按陸氏得姓于齊宣王之少子至漢
有字伯元者仕為吴令遷豫章都尉既卒吴人思之迎
其喪葬于胥屏臺子孫遂家焉伯元生襄賁令旴聽生
本州從事鴻〻生渤海太守建〻生本州從事曄〻生
御史中丞京兆尹瓚〻生弘農都尉文〻生親〻生顡
川太守尚書令閎〻生桓〻生揚州別駕續〻生褒〻

生吴城門校尉紆〻生九江都尉太學博士駿〻生選
選生尚書琄〻生顗〻生海虞令濯〻生漢公漢公生
冽〻生本郡從事元之元之生高平相員外散騎常侍
英〻生晉侍中大尉興平康伯玩〻生五兵尚書侍中〻
始〻生秘書監侍中萬載萬載生宋東陽太守子真子
真生齊南兖州刺史惠曉惠曉生梁太常卿倕〻生衛
尉君凡二十八世冠冕不絶皆有才德名在史册自興
平康伯至秘書監父子兄弟五世内侍嘉祥積慶挺生
夫人惟夫人其生也精修正潔入清浄海其没也通於

神明有感斯應故能致朝廷報稱之禮甚厚既以詔書刻于石將求老于文學之士為之記以傳不朽搢紳耆老且請摭其槩於碑陰乃為之敘云戊也嘗聞朝請公元祐間以奉議郎知藁城而暴滹沱河水盛漂泛林木室廬蔽川而下水及城門下雉堞凜然將決老弱皇恐奔潰調急夫督水工而且不止人無所施其力公乃朝服涉濘立於隄上鞠躬申禱水溢隄壞相去數尺吏民救止公堅立不動以笏叩頭顙以身任責于是雨少止水波稍回河流遂復其所潰陷之地明日復為平陸如故使者方

欲言諸朝會公秩滿請罷遂已北方之人至今能道其詳惟公憂國愛民所至以誠心格物如此是可書也故附于左元符三年歲次庚辰秋八月乙未朔十日甲辰

布衣林戊記

○聖姑廟即慧感顯佑善利夫人廟在能仁寺內夫人陸氏梁衛尉卿僧瓚之女僧瓚捨宅為寺夫人就居之是為重玄寺寺僧祀夫人為伽藍神號聖姑元符元年郡大旱通判祝安上攝郡禱而應以其事聞錫封慧感夫人郡人奔湊致禱相與社而稷之闔境祠廟

莫能尚也其節次加封及始末靈感之跡具諸記中

三高祠記　祝鎡

易稱知幾其神乎君子見幾而作不俟終日須之則後矣是維成功之下不可以久居亡道之人不可以久處兵亂之世不可以苟仕知斯三者則知幾矣遅之其殆危乎昔者越相范君既苦身戮力與勾踐深謀踰二十年滅吴覇越用復會稽之耻謂大功之下難以久居暨還返國遽書謝王去之乘輕舟泛五湖莫知其所終極、而大夫種沉吟不時決卒用誅死厥後七百有餘歲晋有張季鷹自吴入洛時方齊王冏耑朝怙已署君東曹椽君知其不終難與獨處慨千里之羈宦臨秋風而長懷託興菰鱸促駕告歸無何冏敗又後五百有餘歲唐有陸魯望當咸道乾符之世兇亂方殷隱身自放扁舟蓬席倏然笠澤甫里間時號江湖散人辟署無所從徵命無所得優游自終竟全亂世如三先生可謂知幾君子哉雖地異時殊語默不同然其決去自全咸遂其高蹤均也吴江邑地瀕帶具區舊有長橋横絶江河之間修檻浮梁植立千柱黿涎濕淩蜿如長虹巨浸浮空涵泳星月

包山洞庭如在天外風帆島樹滅沒烟際東西行者以為三吳游觀之偉好事者又寫鴟夷子皮像配以江東步兵甫里先生立祠橋梁之上榜曰三高蓋其平生所遊居也貞風素烈尚凜然湖山可想聞而概見歲庚申秋七月吉括蒼祝鑑與大梁人趙九齡置酒橋亭悲歌望遠舉觴酒江慷慨言曰去危即安夫人而願之然皆反焉者何哉知幾者鮮也雖並世同交如大夫種功非不多也顧常侍材非不周也鹿門子學非不贍也或死憂而受辱何也居成功處亾道仕亂世黽勉畏去是何

識之卑也知幾遠矣惟鴟夷子道大功宏百世師仰而張陸二子飄然山澤之臞像而配之幾不倫矣豈不曰亟隱亟去身名俱全以是為同曰三高云者豈異稱哉後之君子苟寵祿之是躭發機之禍忽忘不戒聞三高之風仰三高之像庶少警乎不然涉斯流也登斯梁也其無媿乎後將有悔乎其無悔乎一始橋之置於慶曆歲中建炎初載胡寇南牧并及祠宇火之無餘後六年當紹興癸丑歲今吳都楊君同與今御史單父祝君師龍為邑尉蓋因其廢趾實建而新之復立祠如故云謹

記

〇〇又

范成大

乾道三年二月吴江縣新作三高祠成三高者越上将軍姓范氏是為鴟夷子皮晋大司馬東曹椽姓張氏是為江東步兵唐贈右補闕姓陸氏是為甫里先生三居生不並世而鴟夷子皮又嘗一用人之國功大名顯而去之季鷹魯望蕭然臞儒使有為于當年其所成就固不可踰度要皆以得道見微脱屣天刑清風峻節相望於松江太湖之上故天下因高之而吴江之人獨私得

奉以夸於四方若曰此吾東家丘云爾邑大夫伯虞
以故祠偪陋将改作鄉老王份献其地雪灘乃築堂其
上告遷而奠焉且屬石湖范成大為之辭噫不有君子
其能國乎今乃自放寂寞之濱棹頭而弗顧人又從而
以為高此豈盛際之所願哉後之人高三君之風而跡
其所以去為世道計者可以惧矣至於豪傑之士或肆
志乎軒冕宴安留連卒悔于後者亦将有感于斯堂而
成大何足以述之然屈平既從彭咸而桂叢之 猶
隐士疑若隱處林薄不死而仙况如三君蟬蜕溷濁得

全於天者嘗試倚檻而望水光浮天雲日下上風帆烟蓬飄忽晦明意必往来其間成大亦何足以見之姑效小山作歌三章以招焉遂從而歌之曰若有人兮扁舟撫湖海兮遠游衆芳媚兮高丘忽獨居兮不可留長風積兮浪波白蕩遥空明月兮南極一色鏡萬里兮鞭魚龍列星剡剡兮其下孤篷眇傾懷于斯路與涼月兮入滄浦戰争蝸角兮昨夢一笑水雲得意兮垂虹可以艤櫂仙之人兮壽無期樂哉垂虹兮去復来再歌曰若有人兮横大江秋風起兮歸故鄉鴻冥飛兮白鷗舞吴波

鱗〻兮而在下嗟人胡為兮天地四方美無度兮吾之
土膾修鱸兮雪霜登菰蓴兮芼之水仙繽紛命胥君
可望兮不可追瀕倒景兮揮碧寥俟蕪息兮江之皋菉
蘋堂兮廡杜若一盃之酒兮我為君酌又歌曰若有人
兮北江之渚披雲而睎兮頮烟雨菊莎兮杞棘歲晼晚（晚）
兮何以續君食偭五畝兮腥腐羞三泉兮終古千秋風
露兮歸來故墟月明無人兮蒼石與語牛宮泖兮生蒲
荷潮西東兮下田一波訪南涇兮隣曲山川良是兮丘
隴多稼九畹兮今其刈聊舂容兮茲里是歲六月既望

書遺邑人使習以侑祠伯虞請遂以為記

○○三高堂詩序　　程俱

蠡位越相祿萬鍾去之如涕唾則後世有毛銖之得冒坎獲而不省者可以少沮翰進退無心隨時而保身則出處之意得托菰鱸以示好又何深哉龜蒙江湖一匹夫然于其不合視勢位無加也其交如皮日休終見汙於賊巢彼獨挺然玉峙無一釁可指摘與夫攫金挾炭之夫蓋萬萬矣夫左手據圖籍右刃掠其吭雖冥蠢不為也揣是而求之輕重得矣然世固有抱利權逐勢位

死不反顧爲天下僇笑者幾何人哉其于輕重之思是又出冥蠢者之下也然則是三子者祠而旌之固可以訓元符三年吳江既立三子者像明年三月甲子安于祠堂令與僚佐拜而奠之其謂俗奔競久矣冀得守道自重確乎不可拔足以風百里而驅天下者將矯浮俗而歸之庶幾清節之爲貴豈望之而未見抑有之而未聞耶今居是邑仰三子之志意其知時而退不迷於出處之道蓋君子所悅聞也凡我同志其系之以詩

○○鴟夷子皮贊　李華

龍蟠幽谷非時則伏蟬蛻高枝飲露而飛進如風行退若雲歸冥冥其幾赫赫其居於越霸興强吳蕩夷功成不居先生得之

○○戲書吳江三賢畫像三首　蘇軾

誰將射御教吳兒長笑申公為夏姬却道姑蘇有麋鹿更憐夫子得西施 右范蠡

浮世功勞食與眠季鷹真得水中仙不須更説知幾早直為鱸魚也自賢 右張翰

千首文章二頃田囊中未有一錢看却因養得能言鴨

驚破王孫金彈丸　右龜蒙

○三高祠在吴江垂虹橋南即王氏臞菴之雪灘也昔堂在垂虹橋廟北極偏仄乾道三年縣令趙伯虞徙之雪灘三高者范蠡張翰陸龜蒙也此祠人境俱勝名聞天下

○○焕靈廟龍堂記　皮日休

礼山林川谷丘陵能生雲為風雨見怪物皆曰神若然者龍亦能為風雨見怪物則其澤之在民厚矣神而祀之宜矣常熟澤國也風雨怪物日作于民有在其地者

苟祀之至民被其利祀之不至民受其禍汝南周君為令之初年夏亢旱禜其神於破山之上果雨以應君曰受其賜徒禜以報不可也于是命工以土木介其象為室以蔭之著之于典用潔其祀于是風雨時怪物止水旱不為厲連歲以穰其神之澤乎君之祀乎凡雩者春秋之道皆書之勤民之祀也君為其祀已乞文其事日休嘉其志在為民故從之咸通十三年二月十九日前攝嶺南東道節度巡官試秘書省校書郎皮日休記

○○

新建煥靈宣惠侯廟記　魯詹

政和二年漕臺以常熟龍祠祈禱感應之實聞于朝越
明年制曰可宜賜焕靈廟爲額邑人以爵號未崇無以昭
神貺後二年縣以狀列于府、言於郡刺史遂復保奏、
焉制曰可特封宣惠侯于是縣大夫率佐官祗奉休命
宣於祠下而邑之士女雲集將退咸告丞魯詹曰侯之
廟宇君與縣大夫謀之侯之封秩君與縣大夫請之今
堂宇將畢而綸誥適頒盍記之以侈其事惟侯之祠舊
在破山興福之澗上父老相傳其誕育之異肇自梁武
之初我宋龍興妙選守令爲民師帥太平興國中蔣侯

文懌來宰是邑距天監幾五百歲矣時積潦汎漲躬禱於侯不移晷雲歛而霽歲則大熟乃迎侯与聖母之像歸於頂山壽聖之西偏是日白龍示見盤旋冢上彩雲之瑞焜燿山間迄今又幾一百有四十載矣邑人乃相與作廟于山腰龍池之上侯之先壟在焉經歷若是之久始克成茲豈偶然哉佳城峨峨方沼灧灧峯巒疊秀回抱如翼長江浩蕩沃野曼衍左則福嶺狠巖右則虎丘昆玉遥岑寸碧殊岫横翠雲烟之祥宜在仙島氣象之偉實冠吳中觀侯之初以神力遷葬而陰陽家流咸

小字双行写

謂勝地今新廟奕奕寔下瞰焉庸詎知其非侯之意哉、政和五年十一月庚辰既望侯之誥下十二月朔廟前後殿成若門牖廊廡盖將有待于來者焉政和五年十一月文林郎知平江府常熟縣丞魯詹記

○煥靈廟在常熟縣破山唐咸通中所建龍堂也本朝政和二年賜今額五年加賜宣惠侯

○○重修東嶽廟記 在常熟縣福山鎮 魏邦哲

維我宋真宗皇帝東幸泰山告功于天大修封禅礼秦山之神顯册褒嘉位號崇隆得非衛社稷福生靈運功

烈于寅〻之際宜有所報稱欤是故四方萬里不以道途為勞往奉祠事往〻規模岱嶽立為別廟多矣然未有盛于姑蘇之福山也福山廟經始于至和之中垂六十年楼殿門廊并諸從舍巍然而輪奐江淮閩越水浮陸行者各自其所有以效歲時來享之誠上祝天子萬〻壽且以祈豐年以後保其家凡有求必禱焉率以類至號曰會社簫鼓之音相屬於道不知幾千萬人不及之乎太山則之福山焉福山臨江海上歸焉蓊鬱岡巒環〻回殆亦勝地文老云肇祀之日有幅畫乘潮水至乃嶽

神像也居民得之欽事而加信焉山初號覆釜盖因其形似後易名福山廟據其上遂爲遠邇祈福之地豈偶然哉政和七年八月乙亥鄉貢進士崑山魏邦哲記

○黄姑廟　李後主

迢迢牽牛星杳在河之陽粲粲黄姑女耿耿遥相望

○黄姑廟在崑山縣東三十六里地名黄姑父老相傳嘗有牽牛織女星精降焉女以金篦劃河河水湧溢今村西有百沸河鄉人異之爲立祠舊列牛女二像後人去牽牛獨祠織女祈禱有應每歲七夕鄉人劇

集廟下占事無毫釐差舊有廟記今亡之按荆楚歲時記牵牛謂之河鼓後人誤為黄姑然古樂府有云黄姑織女時相見李太白詩黄姑與織女相去不盈、尺則指牵牛為黄姑李後主云、又以織女為黄姑、事久愈訛矣

○○任晦園亭　皮日休

任君恣高放斯道能寡合一宅閑林泉終身遠嚣雜嘗聞佐浩穰散性多儑傝上五盍反下音沓欻爾解其綬遺之如棄殼歸來鄉黨内却與親朋洽開溪未識丁列第方稱

甲入門約百步古木聲霎〻廣檻小山欹斜廊怪石夾白蓮倚欄楯翠鳥緣簾押地勢似五瀉巖形若三峽猿眠但膃肭皃食時啑唼撥荇下文竿結藤縈桂檝門笛醫樹客壁倚栽花鍾度歲止褐衣經旬唯白袷多君方閉戶顧我能倒屣請題在茅棟留坐于石榻魂從清景逼衣衽烟霞裛揩除龜任上枕席鷗方狎沼似玻璃鏡當中見魚眼盃杓悉杉瘤盤筵盡荷葉間斟不置罰間奕無爭劫間日不整冠閒風無用箑以斯爲思慮吾道寧疲薾衰衣競璀璨鼓吹淨鞺鞳欲者解擠排話者能

詁讟權豪暫翻復刑禍相填壓此時一圭竇不肯饒閭、閻有第可棲息有書可漁獵吾欲與任君終身以斯愜」

〇〇和題〇　陸龜蒙

吳之辟彊園在昔勝槩敵前聞富修竹後說紛怪石風、烟慘無主載祀將六百草色與行人誰能問遺跡不知清景在盡付任君宅却是五湖光偷來傍簷隙出門向城路車馬聲轔轢入門望亭隈水木氣岑寂犨墻繞曲岸勢似行無極十步一危梁乍疑當絕壁波容淡而古樹意蒼然僻魚驚尾半紅鳥下衣碧斜來島嶼隱恍若瀟湘隔雨靜挂残絲烟消有餘脉揭来佳公子擺落名利役雖得禄代耕頗愛巾随策秋籠支遁鶴夜榻戴顒客説史足為師談禅差作伯君多鹿門思到此情便適偶蔭桂堪帷縱吟苔可席顧余真任誕雅遂中心獲但喜酔還醒豈知玄尚白甘閒在鷄口不貴封龍額郎此自怡神何劳謝公屐

○晋辟疆園自西晋以来傳之池館餘林泉之勝號吴中第一辟疆姓顧氏晋唐人題咏甚多陸羽詩云辟疆、舊林園怪石紛相向陸龜蒙云吴之辟疆園在昔勝槩敵皮日休云更葺園中景應為顧辟彊本朝張伯玉云于公門館辟彊園放蕩襟懷水石間今莫知遺跡所在考龜蒙之詩則在唐為任晦園亭今任園亦不可攷矣

○唐褚家林亭松陵集倡和云在震澤之西皮日休詩云茂苑樓臺低檻外太湖魚鳥徹池中當在松江之傍也今吴中褚姓尚多亦有登進士科者

○任晦園池晦嘗為涇縣尉歸吴作圃為時所稱皮日休云有深林曲沼危亭幽砌陸龜蒙詩云吴之辟疆

園在昔勝槩敵不知佳景在畫付任君宅葢任晦得顧辟疆舊園以為宅也

○滄浪亭記　蘇舜欽

予以罪廢無所歸扁舟南遊旅於吳中始僦舍以處時盛夏蒸燠土居皆褊狹不能出氣思得高爽虚闢之地以舒所懷不可得也一日過郡學東顧草樹鬱然崇阜、廣水不類乎城中並水得微徑於雜花脩竹之間東趨數百步有棄地縱廣函五六十尋三向皆水也杠之南其地益闊旁無民居左右皆林木相虧蔽訪諸舊老云、錢氏有國近戚孫承祐之池館也坳隆勝勢遺意尚存予愛而徘徊遂以錢四萬得之構亭北碕號滄浪焉前竹後水〻之陽又竹無窮極澄川翠榦光影會合於軒户之間尤與風月為相宜予時榜小舟幅巾以往至則洒然忘歸觴而浩歌踞而仰笑野老不至魚鳥共樂形骸既適則神不煩視聽無邪則道以明返思向之汨〻榮辱之場日與錙銖利害相磨戛隔此真趣不亦鄙哉噫人固動物耳情橫于内而性伏于外寓于物而後遣寓久則溺以為當然非勝是而易之則悲而不開唯仕宦

溺人為至深古之才哲君子有一失而至於死者多矣是未知所以自勝之道予既廢而獲斯境安于冲曠不與衆驅因之復能見乎內外失得之源沃然有得笑閔萬古尚未能忘其所寓自用記以為勝焉

滄浪六詠　蘇舜欽

一徑抱幽山居然城市間高軒面曲水修竹慰愁顏跡與豺狼遠心隨魚鳥閒吾甘老此境無暇事机關

（右滄浪）

瑟瑟清波見戲鱗浮沉追逐巧相親我嗟不及群魚樂虛作人間半世人

○○○低三格右觀魚

獨遠虛亭步石矼靜中情味世無雙山蟬帶響穿疎戶
野蔓盤青入破窓二子逢時猶死餓三閭遭逐便沉江
我今飽食高眠外惟恨澄醪不滿缸

○○○右靜吟

滄浪獨步亦無悰聊上危臺四望中秋色入林紅黯淡
日光穿竹翠玲瓏酒徒漂落風前燕詩社凋零霜後風
君又暫來還徑往醉吟誰復伴衰翁

○○○右懷友

花枝低欹草色齊不可騎入步自宜時〻携酒只獨往
醉倒惟有春風知
○○○　右獨步
夜雨連明春水生嬌雲濃淡弄微晴簾匳日薄花竹靜
時有乳鳩相對鳴
○○○　右初晴
○○　滄浪詠　歐陽修
子美寄我滄浪吟邀我共賦滄浪篇滄浪有景不可到
使我東望心悠然荒灣野水氣象古高林翠阜相回環

新篁抽筍添夏景老枿亂發争春妍水禽閒暇事高格
山鳥日夕相啾喧不知此地幾興廢仰觀喬木皆蒼烟
堪嗟人跡到不遠雖有来路曾無緣窮奇極怪誰似子
搜索幽隐探神仙初尋一徑入蒙密豁見異境無窮邊
風高月白最宜夜一片瑩淨鋪瓊田清光不辨水与月
但見空碧涵漪漣清風明月本無價可惜秖賣四萬錢
又疑此境天乞與壯士憔悴天應憐鴟夷古亦有獨往
江湖波濤渺翻天崎嶇世路欲脱去反以身試蛟龍淵
豈如扁舟任飄兀紅蕖緑浪揺醉眠丈夫身在豈長棄

新詩美酒聊窮年雖然不許俗客到莫惜佳句人間傳

○○又爲題　胡宿

竄逐本無罪覊窮向此忘野烟含帳望落日滿滄浪亂草荒来緑幽蘭死亦香楚魂招不得秋色似瀟湘

○○又爲題　胡理

昔聞滄浪亭未濯滄浪水先賢渺遺跡壯觀一何侈飛橋跨木末巨浸折胡壘糟床行萬甕繚墻周数里廢興固在天庶用觀物理緬懷嘉祐世周道平如砥相君賢相君子美東南美如何一網盡禍豈在故紙青蠅変白

黑作俑兹馬始所存醉翁文垂耀信百世無忘角弓詠
嘉樹猶仰止同来二三子感歎咸坐起縹瓷酹新没毁
譽均一洗忽逢醒狂翁一别垂二紀雋哉老益壯論事
方切齒我欲裂絳幔推着明光裏安得上天風吹落君
王耳

寄題滄浪亭　梅堯臣

聞買滄浪水遂作滄浪人置亭滄浪上日與滄浪親宜
曰滄浪叟老向滄浪濱滄浪何處是洞庭相與鄰竹樹
種已合魚蟹時可緡春羮芼白菘夏鼎烹紫蓴黃柑摘

霜晚香稻炊玉新行吟拾隱詩懶戴醉中巾憂患西都忘往還誰與頻昨得滁陽書語彼事頗真曩子初去國我勉勿迷津四方不可之中土百物淳今子居所樂豈不遠埃塵被髮異太伯結客非春申莫与吳俗尚吳俗多文身蛟龍刺兩股未變此遺民讀書本爲道不計賤與貧當須化閭里庶使禮義臻

○○觀滄浪亭石有感　劉敬

蘇君在朝人不知蘇君既沒人悲之流風遺書皆稱道高文大句爭提撕壁間草隸亦不置剥苔堆土無棄遺

乃知死不与人共利害而後不為時所疑滄浪亭空卉
木老古石蒼〻顏色好無脛猶能千里来致身忽在都
門道帝都王侯好事多相看自悔取不早君不見呉興
長史春襴衫閉門抱恨常枯槁

○滄浪亭在郡學之南積水彌数十畝傍有小山高下〻
曲折與水相縈帶石林詩話以為錢氏時廣陵王元
璙池館或云近　中吳軍節度使孫承祐所作既積
土為山因以瀦水慶曆間蘇舜欽子美得之傍水作
亭曰滄浪歐陽文忠公詩云清風明月本無價可惜

只賣四萬錢滄浪之名始著子美後屢易主後為章申公家所有廣其故地為大閣又為堂山上亭北跨水有名洞山者章氏并得之既除地發其下皆嵌空大山人以為廣陵王時所藏益以增累其隙兩山相對遂為一時雄觀建炎狄難歸韓蘄王家

〇〇南園　羅隱

搏擊路終迷南山且灌畦敢言逃俗態自是托幽棲葉長春菘澗科圓早薤齊雨沾虗檻冷雲壓遠山低竹好還成徑桃夭亦有蹊小窓飛野馬閒瓮養醯鷄水石心

逾合雲霄分已暌病憐王猛畚愚笑隗囂泥澤國潮平岸江村柳覆堤到頭乘興足誰手好持携

前題　蘇舜欽、

西施臺下見名園百草千花特地繁欲問吳王當日事後來桃李若爲言

又前題　梅摯

長洲茂苑足珍材剩買前山活翠栽容土不踈承帝力幾多臣節共安來

又

長洲茂苑占幽奇巖樹珍臺共翠微園李露濃三秀色

徑桃烟煖一香飛月臨夕樹鳥頻遶風揭朱簾燕未歸
弭蓋暫歡成結恋斜陽憑檻獨依〻

前又題　　胡宿

當是一片

戕遍芳菲欲满林回塘過雨曉来深紅粧珠珮交花影
白馬春衫度柳陰向老追攀多强意隨時風物但驚心
眼前百事輸年少猶解因君放浪吟

前題又　　周元明

爛熳花時錦綉張無端下馬繫垂楊山亭水閣笙歌地
合與行人作醉鄉、

前題

程　俱

王子池臺跡已荒年来華屋壓高岡長林不礙千山月老榦猶含九夏霜便覺平泉冠東洛還依緑水記南塘蝸廬却喜通幽徑岸幘時来一嘯長

南園吳越廣陵王元璙之舊圃也老木皆合抱流水奇石參錯其間王禹偁為長洲令常携客醉飲有詩曰天子優賢是有唐錦（鏡）湖恩賜賀知章他年我若功成後乞與南園作醉鄉大觀末蔡京罷相欲東還詔以園賜之京有詩云八年帷幄竟何為更賜南園寵

退歸堪笑當時王學士功名未有便吟詩禹偁詩石尚存續經云舊有三閣八亭二臺龟首旋螺之類歲久摧圮至元豐中猶有流盃四照百花樂堂惹雲風月等處每春時縱士女游觀兵火之後已不復有今園屬張循王家

吴都文粹卷第三終

吴都文粹卷第四

宋　蘇臺鄭虎臣集編

○○鱸鄉亭　陳瓘

中郎臺榭據江鄉雅稱詩翁賦卒章蓴菜鱸魚好時節

秋風斜日舊烟光一杯有味功名小萬事無心歲月長

安得便拋塵網去釣舟閒倚畫欄傍

○鱸鄉亭在吳江始陳文惠公堯佐題松陵詩有秋風斜日鱸魚鄉之句屯田郎中林肇爲令迺作亭江上以鱸鄉名之陳瓘瑩中主縣簿嘗賦詩

○○七檜堂　范仲淹

退也天之道東南事了人風波拋舊路花月伴閑身湖外扁舟遠門中駟馬新心從今日泰家似昔時貧見子登西掖携孫過北鄰白雲高閣晚緑水後池春樽酒呼前輩爐香扣上真只應陰德在八十富精神

○七檜堂在天慶觀之東葉參少卿嘗守吴既謝事因居焉作此堂以佚老見其子清臣至大官餘皆見人物條

○○小隱堂　葉道卿

秀野亭連小隱堂紅蕖緑篠媚滄浪下山居士道卿自號也無歸意却借吴儂作醉鄉蘇人多遊飲于此園

小隱堂秀野亭在城北蔣堂嘗有過葉道卿侍讀小園詩云

隱圃　蔣堂

雅得蒐裘地清宜隱者心緑葵纔有甲青桂漸成陰獨曳山屐往無勞俗駕尋湛然常寂處水月一菴深

溪館三詠　前人

年来納組去林下得身還泚泚清流處童童碧樹間淵

魚樂且靜庭鶴壽而閒粗有淮安趣誰同賦小山
野意本自遂茲溪稱獨醒雲蘿環靜室水石照踈櫺殺
竹編書古級蘭作佩馨王通昔不偶時亦坐汾亭
危臺竹樹間湖水伴深閑清淺採香徑古圓明月灣放
魚隨物性載石作家山自喜歸休早全身賀老還賀老歸鑑
湖已八十六矣

○○南湖臺二詠　前人

嶢榭水中央茲為隱遯鄉小園香寂〻一派曉泱〻烟
草碧瀰岸霜桃紅壓墻新植桃一百本鷗夷倘居此未必入滄

浪
水次揭危亭烟隄四面平栽蘆延宿鷺種柳待啼鶯雨
霽清流漲風來野艇横輕微莫臨頋吾老懶逢迎

○隱圃在霊芝坊樞密直學士蔣堂之居堂两守吴謝事
因家焉自號遂翁圃中有巖扃水月菴烟蘿亭風篁
亭香巖峰古井貪山等堂嘗自賦隱圃十二詠結菴
池上名水月宅南小溪上結宇十餘柱名溪館又築
南湖臺干水中皆有詩

○○中隱堂　白居易

大隱住朝市小隱入丘樊不如作中隱〻在留司間

○中隱堂在大酒巷都官員外郎分司南京龔宗元所居取樂天詩云〻乃作中隱堂与屯田員外郎程適太子中允陳之奇游縱極文酒之樂皆耆德碩儒挂冠而歸者吳人謂之三老

○○樂圃記　　朱長文

大丈夫用於世則堯吾君虞吾民其膏澤流乎天下及乎後裔與夔契並其名與周召偶其功苟不用于世則或漁或築或農或圃勞乃形逸乃心友沮溺肩黃綺追

嚴鄭躡陶白窮通雖殊其樂一也故不以軒冕肆其欲不以山林喪其節孔子曰樂天知命故不憂又稱顔子在陋巷不改其樂可謂至德也已余嘗以樂名圃其謂是乎始錢氏時廣陵王元璙者實守姑蘇好治林圃其諸子狥其所好各因隙地而營之爲臺爲沼今城中遺址頗有存者吾圃其一也錢氏去國圃爲民居更數姓矣慶曆中余家祖母吴夫人始構得之先大父與叔父或遊焉或學焉每良辰美景則奉板輿以觀于此厥後稍廣西壖以益其地凡廣輪逾三十畝余嘗請營之以

為先大父歸老之地熙寧之末新築外垣盡覆之庵方將結宇而親年不待既孤而歸于是遂卜居焉月葺歲增今更數載雖敝屋無華荒亭不甃而景趣質野若在巖谷此可尚也圃中有堂三楹堂旁有廡所以宅親党也堂之南又為堂三楹命之曰遂經所以講論六藝也遂經之東又有米廩所以容歲儲也有鶴室所以畜鶴也有家齋所以教童蒙也遂經之西北隅有高岡命之曰見山岡岡上有琴臺琴臺之西隅有詠齋此余嘗拊琴賦詩于此所以名云見山岡下有池水入于坤維跨流

為門水由門縈紆曲引至于岡側東為谿薄于巽隅池中有亭曰墨池余嘗集百氏妙跡于此而展玩也池岸有亭曰筆溪其清可以濯筆溪傍有釣渚其靜可以垂綸也釣渚與邃經堂相值焉有三橋度溪而南出者謂之招隱絕池至于墨池亭者謂之幽興循岡北走渡水至于西圃者謂之西磵西圃有草堂草堂之後有華嚴菴草堂西南有土而高者謂之西丘其木則松檜梧柏黄楊冬青椅桐檉柳之類柯葉相蟠與風飄颺高或參雲大或合抱或直如繩或曲如接或蔓如附或偃如傲

或参如鼎足或並如釵股或圓如盖或深如幄或如蜕虬卧或如驚蛇走名不可以盡記狀不可以殫書也雖雪霜之所摧壓飈霆之所擊撼槎牙摧折而氣象不衰其花卉則春繁秋孤冬曄夏蒨珍藤幽蔦高下相映蘭菊猗猗蒹葭蒼蒼碧蘚覆岸慈筍列砌藥録所收雅記所名得之不為不多桑柘可蚕麻紵可緝時果分蹊嘉蔬滿畦標梅沉李剥瓜斷壺以娱賓友以酌親属此其所有也余於此圃朝則誦羲文之易孔氏之春秋索詩書之精微明禮樂之度数夕則泛覽群史歷觀百氏考

古人是非正前史得失當其暇也曳杖消揺陟高臨深飛翰不驚皓鶴前引揭厲于淺流躊躇于平臯種木灌園寒耕暑耘雖三事之位萬鍾之禄不足以易吾樂也然余觀群動無一物不空者安用拘于此以自贅耶異日子春之疾瘳尚平之累遣将扁舟湖海浮游山岳莫知其所終極雖然此圃者吾先光禄之所遺吾致力于此者久矣豈能忘情哉凡我衆弟若子若孫世克守之毋頽爾居毋伐爾林學于斯食于斯是亦足以爲樂矣予豈能獨樂哉昔戴顒寓居曾望歸隱遺跡迄今猶存

千載之後吴人猶當指此相告曰此朱氏之故園也元豊三年十二月朔吴郡朱伯原記

○樂圃朱長文伯原所居在雍熙寺之西號樂圃坊圃中有高岡清池喬松壽檜此地錢氏時號金谷大父光禄始得之伯原營以為圃名德所寓邦人珍之因號其巷曰樂圃坊朱自為記焉

○○三瑞堂　蘇軾

君不見董召南隱居行義孝且慈天公亦恐無人知故令鷄狗相哺兒又令韓老為作詩爾來三百年名與淮

水東南馳此人世不乏此事非時有楓橋三瑞皆目見天意宛在虞鰥後唯有此詩非昔人君更往求無價手

○三瑞堂在閶門之西楓橋孝子姚淳所居家世業儒以孝聞蘇文忠公往來必訪之嘗為賦三瑞堂詩姚氏致香為猷公不受以書抵虎丘通長老云姚君篤善好事其意極可喜然不須以物見遺惠香八十罐却託還之已領其厚意寔為他相識所惠皆不留故也

○○漫莊　章憲

何許明人眼松間見古堂泉聲到棐几山影覆繩床愛
酒陶元亮聽蛙孔德璋紛紛戰蠻觸丘壑信難忘
○漫莊在毗村處士顧禧所居禧棄官高隱讀書以老
鄉人貴重之後其居有名

○○遷居蝸廬　程俱

有舍僅容膝有門不容車衆中孰非奇是豈真吾廬不
作大耳兒閉關種園蔬茅簷接環堵無地可灌鋤不作
下榻翁一室謝掃除平生四海志投老河魚枯頽從素
心人不減南村居蕭然氷炭外傲睨萬物初坐視戰蠻

觸蕪忘糟粕書聊呼赤松子伴我龜腸虛

○○又葺蝸廬吳下　前人

四海無廬着此翁故營松竹儘囊空明知計出柏馬下正擬身全木雁中東郭易成生草舍南邨先怯卷茅風向來豪氣今如此敢與元龍較長雄

○蝸廬在城北中書舍人程俱致道所居政和間自監舒州茶場上書論時政不合來家于吳葺小屋號蝸廬中有常寂光室勝義齋嘗賦遷居蝸廬詩及蝸廬後隙地種植竹菊鳳仙雞冠紅莧芭蕉東青樹詩七詠

○○復軒歌　　章憲

洞視兮八荒了無物兮往無傍往古来今兮無際復起代謝兮不失吾常復乎復乎吾所寓兮廣莫之野而無何有之鄉

○●清曠堂　　前人

吾慕仲公理卜居樂清曠兹焉愜吾願名堂以自况我無遼俗韵且之食肉相何許寄吾生棲遲翳窮巷境幽有徑行心遠無得喪從容大化中信是羲皇上

○●詠歸亭　　前人

吾慕曾夫子舍瑟言所志所志非為邦獨契聖者意暮
春〻服成從我才一二風乎林岫閒所樂有餘味邈矣
千載上神交得冥契當知結駟非不易窮簷是

○○清閟亭　前人

吾慕韓昌黎文章妙百世体物語尤工賦竹誇清閟唯
我獨好之則亦有深意虛中可受道貫時無險易復若
魏文貞直節而嫵媚伊命清閟中賞玩有餘味

○○遐觀亭　前人

吾慕陶靖節處約而平寬涉園自成趣矯首復遐觀我

亦散游目俛仰天地間雲烟自舒卷湖海相迴環永與
形役謝豈有俗慮干想像斜川游千載乃相關

○復軒在吳縣之黄村處士章寋自作記謂葺先人之廬治東廡之軒以貯經史百氏之書名之曰復以警其學其後圃又有清曠堂詠歸清閟遐觀三亭以慕古尚賢各有詩

○○曜菴二十五咏　徐開庵

藜莧幽人室丘園隱者居一原青嶂合萬木緑陰踈手
把歸田賦腰懸種樹書桑麻連畛秀網罟入溪漁

蒙與義

一島風烟水四圍軒亭窈窕更幽奇眼中泉石論溪買行處壺觴逐境移勸馬虺隤前日路寒松偃蹇舊年枝自嗟老去殊癡絶一月春愁廢作詩

呂本仲

伊洛富山水家有五畝園花竹繞瀍澗不讓桃花源清時足真賞啟門開層軒一朝胡塵暗故家希復存莽蒼走萬里始及吴市門菴廬據形勢水壺貯乾坤亭榭著仍穩不見斧鑿痕至人更超邁雲夢八九吞植杖邀我

坐笑語清而温坐令車馬客稍識山林尊十年老朝市
漸見兩目昏求田與問舍姑置不復論但願從我公不
使世諦渾

蘇　庠

王郎臞菴摩詰詩烟花繞舍江遶籬石渠東觀了無夢
筆床茶灶行相期古人已往不可作甫里頗有今天隨
東鄰西舍肯著我請辦蓑笠懸牛衣

○○浮天閣三首　王　銍

臞菴主人天〻與閒田欄飛閣臨滄灣暗波渺〻雁行落

坐見萬頃穿雲還百年有底付烏翼未暇著脚鴛鴦間
徑須呼酒流塊磊莫遣暝色霾烟鬟
玉蟾飛入水晶宫萬頃琉璃碎晚風詩就雲歸不知處
斷山零落有無中
秋落空江動碧虚荻蘆洲渚雁飛初我來欲訪鴟夷子
爲掛西風十幅蒲

○○平遠堂三首　向子諲

柳外西風六幅蒲野塘睡鴨對春鋤如何喚得王摩詰
画作江南烟雨圖

寒蘆淅〻催秋晚浦雨暝〻憶去年他日未埋黄土陌
為君重賦補亡篇
笛卧松江明月簑披笠澤歸雲若道青霄堪活王侯何
事如君

○○草堂二首　沈與求

全家高隱白雲関事不縈懷夢亦閒款乃交歌漁市散
隔江城郭是人間
仙翁五十鬢猶青高卧柴門晝亦扃茅舍已忘鐘鼎夢
蒲輪休過薜蘿亭陰森門巷先生柳寂寞江天處士星

晚歲田家農事了閑抄賓戚相牛經

程子山三首

地控三州界池開十丈蓮桑麻無杜曲松菊有斜川别
浦歸帆遠他山晚照妍江河春水濶幽興白鷗前
待月凝雲處垂竿釣雪灘虚窓摇冷翠傑閣聳高寒籠
養千齡鶴爐燒九轉丹不須論計事心目自清安
壁上烟蘿子窓前鴻素書短籬開窈窕嫩竹轉扶踈世

何偁五首

事霜前葉聲名澗底樗柴桑陶靖節日暮荷鋤歸

多羨王居士心閒事〻幽山從天末見江近枕邊流春
圃千葩秀霜林百果収更能窮物理濠上看魚游
地古松江勝為園不種瓜幽深清磬响高下石闌斜花
容蜂隨蝶林深雀啅蛇勝如摩詰画不是季鷹家
柳外長虹卧江邊小市圓水揺千嶂影窓納五湖天隔
岍誰家圃開帆何處船非關臺榭好此地最堪憐
霜落川原淡風高木葉丹雲隨千頃白月墮一江寒礼
佛因成塔焚香旋築坛竹聲過小院雜佩响珊〻
沙暖鴛鴦困江寒翡翠愁紅蓮秋的歴短櫂晚夷猶慶

世長無累端居百不憂時〻明月下橫笛短騎牛

僧道本 二首

竹裡蓬茅掩棘扉主人詩瘦帶寬圍種成苜蓿先生飯製就芙蓉隱者衣柳絮春江魚婢至荻花秋渚雁奴歸小溪短棹能容我先向溪隈築釣磯

溪南溪北遶清漪舍後舍前圍短籬九〻箕來成底夢休〻歸去復何疑添丁見客走賒酒阿買能書供賦詩丘壑政非公子事綺紈當預少年知

○○

李彌正次祝鎰韻

劳車發危坂勸艘失飛湍滔〻襱襶子疾走殊未闌
仙罷名宦結廬松江干笑拍萍風浮瞬視草露溥囦川
不愧輞序谷寧先盤門豈俗駕拒室無哀箏弾按行松
菊閒淡然有餘歡蓮巢衆香聚浮天百憂寬秋光歛洲
渚暮翠巃峰峦我来扶良朋道故盟未寒緬顏仰孤標
耐久同蒼官終當役新水刀圭却衰残

陳　掞

季鷹雅志本江湖胡爲入洛誠計疎一盃蓴羹入歸梦
歲晚僅飽松江鱸何如王郎十畝宅一生江頭枕江碧

西風落日美烟波却笑陶朱計然拙我来訪君春已深
江花江柳翻緑陰相携三徑拾瑶草為問客来何苦心
固知此事君計得我被微官苦相逼勸君謹勿語彈冠
便恐紛紛北山檄

沈求

清江繞檻白鷗飛坐看潮痕上釣磯松菊未荒元亮徑
芰荷先製屈平衣窓前楓葉晚初落亭下鱸魚秋已肥
安得從君理蓑笠棹歌相趂入烟霏

臞菴在松江之濱邑人王份有超俗趣營此以居圖

江湖以入圃故多柳塘花嶼景物秀野名聞四方一時名勝喜游之皆為題詩圃中有與閑平遠種德及草堂四堂烟雨觀橫秋閣凌風堂欝蔥城釣雪灘琉璃沼臞翁澗竹龟廳巢雲関纈林楓林等處而浮天閣為第一捴謂之臞菴份字文孺以特恩補官嘗為大治令歸休老焉題詩甚多不可悉録聊録其尤者於此俾其家世保焉

○○范文正公義田記　錢公輔

范文正公蘇人也平生好施與擇其親而貧踈而賢者

咸施之方貴顯時于其里中置負郭田之常稔者千畝號曰義田以養濟群族之人日有食歲有衣嫁娶凶葬皆有贍擇族之長而賢者一人主其計而時其出納焉日食人米一升歲衣人一縑嫁女者錢五十千娶婦者二十千再嫁者三十千再娶者十五千葬者如再嫁之數葬幼者十千族之聚者九十口歲入粳稲八百斛以其所入給其所聚沛然有餘而無窮仕而家居俟代者預焉仕而之官者罷其給此其大較也初公之未貴顯也嘗有志于是矣而力未之逮者三十年既而為西帥

以至于參大政于是始有禄賜之入而終其志公既没後世子孫至今修其業承其志如公存也公雖位充禄重而貧終其身没之日身無以為歛子無以為喪唯以施賢活族之仁遺其子而已昔晏平仲敝車羸馬以朝陳桓子觴之曰君位之上卿禄之百萬而敝車羸馬是隱君之賜也晏子曰自臣之貴父之族無不乘車者母之族無不足于衣食者妻之族無凍餒者齊國之士待臣而舉火者三百餘家如此為隱君之賜乎彰君之賜乎于是齊侯以晏子之觴而觴桓子余嘗愛晏子好仁

齊侯知賢而桓子服義也又愛晏子之仁有等級而言有次序也先父族次母族次妻族而後及其踈遠之賢孟子曰親親而仁民仁民而愛物晏子為近之今觀文正公之義其與晏子比肩矣然晏子之仁止于生前而文正之義垂于身後其規模遠舉又疑其過之嗟乎世之人居三公位享萬鍾祿其邸第之雄輿馬之盛聲色之侈妻孥之富止乎一己而族之人不得其門而入者豈少哉況于施賢乎其下為卿為大夫為士而廩稍之充奉養之厚足乎一己族之人操瓢為溝中瘠者又

豈少哉況于瞯人乎是皆公之罪人也公之忠義滿朝廷事業滿邊陲功名滿天下後必有良史書之者予可無書也獨書其義田以警于世云

○○范文正公義宅記　　　　樓鑰

吴門范氏自柱國麗水府君居于靈芝坊今在雍熈佛寺之後五世孫文正公少長此地皇祐中守杭始至姑蘇故鄉訪求宗族買田千畝作義莊以贍之宅有二松名堂以歲寒閣曰松風因廣其居以爲義宅聚族其中義莊之收亦在焉中更兵燬族黨星散故基榛蕪編民

豪據為居宇為場圃僦直無幾甚失初意粟無所儲寓于天平山墳寺倍有往来給散之劳尋復地廢改置城中及寄他舍病此久矣自公長子監簿而下又五世而至良器一日謂二弟曰先君奉議念此有年齎志而没吾儕當有以振起之慨然自任思圖其新于是歷告民居盡除僦直約期而遺之不服者訴於郡守監司以至上達臺省提刑臨川何公異太守四明鄭公若容咸義此舉力為主張由是悉得故地周一千四百八十丈首捐私帑繚以垣墻創建一堂仍扁歲寒以祠文正結屋

十楹以處貧族就立新倉寢復舊規庀役于慶元二年之季夏中秋告成不愆于素觀者無不嘆息親掌出納一年以為後式選族子之廉謹者二人維之詳具要束以補舊規揭于堂上田籍之傳遠者俱刻之石以為永久之計介弟之柔續世科于百二十有四載之後尤勇于義既力賛其兄謀之屬鑰為記始末不佞先祖少師收卹宗族有意於此而歲不與伯父揚州始為之雖不及文正公之盛而寒宗之貧者賴以自給亦四十餘年于茲先工部欲附益之清貧終身猶未果也見范氏家

法為之愧歎是舉也行文正公累世之遺澤仲先奉議
九原之餘恨又以綿范氏無窮之休豈不偉哉嗚呼文
正公奮身孤藐未嘗賴宗人毫髮之力既達則屬族受
解衣推食之恩天佑范氏三子曷貴皆以宏才高誼上
継父風後人得維持憑藉以保其家良器一布衣而決
意興起不唯義宅載新義莊亦復整飭剔蠹省費又為
數世之利用心如此後其興乎嗚呼文正初定規矩止
自給予之目僅設預先支請之禁不數年忠宣公已慮
其廢壞欲治章奏請　聖旨違犯義莊規矩之人許令

官司受理又與右丞侍郎自熙寧以至政和隨事立規閑防益密今之規約又加密矣一門同姓為此義事其難如此況天下之大思所以為億萬世之計者又可忽乎衣冠之族不免飢寒者甚衆顧如范氏之宗派而不可得今坐享飽煖者幾人若人人如良器用心更相扶持以永其傳則善矣若曰是我所當得者而不思所自来甚者又為蠹于其間則文正諸公寔臨之其聞[illegible]有司曰元公者蓋今之族長云顯謨閣直學士大中大夫提舉江州太平興國宫奉化縣開國男食邑三百户樓

鑰記并書

○范文正公義宅在雍熙寺後

○○天平山　　蘇舜欽

吴會括衆山戢〻不可数其間號天平突兀爲之主傑然鎮爲南群嶺争拱輔焉知造物意必以屏天府清溪至峰前仰視勢飛舞偉石如長人肅立欲言語捫蘿縁險磴爛熳松竹古中腰有危亭前對翠壁舉在竇落玉泉冷〻四時雨源生白雲間顔色若粉乳旱年或播灑潤可足九土奈何但澄澈未爲應龍取予才棄塵中岩

甃素自許盤桓擇勝處至此快心脊養素聊自清終勝
甘於虎

范師道

萬物天地間或有奇勝跡鑒賞能幾人不止今與昔吴
門多好山天平為峻極旦暮常白雲表裡皆珍石烟嵐
千里光松桂四時色我欲一縱游煩襟為開釋感古懷
君子翩然長太息樂天賞雲泉詩章何歷〻垂今數百
年繼者漠然寂間遇希文来霎旌守鄉國行春三讓原
吟哦盡所得子美天與才尋幽多採擴賦詩五十言平

地黄金擲三賢固有名山亦資輝赫此去還幾年不逢好事客

久厭塵居適野情揩笻躡屐傍山行人閒多少嶮巇路　楊　備
縱是天平還不平

○天平在吴縣西二十里此山在吴中最爲嵩岸高聳一峰端正特立續圖經以爲吴鎮不誣也山皆奇石卓筆峰爲最山半白雲泉亦爲吴中第一水比年有寺僧壽老搜採岩巒別立數亭皆奇峭又于白雲

之上石壁中得一泉如綫尤清洌云

○○　穹窿山　　　　前人

吴都名山第一山翠微心在碧霄間林泉瀟洒烟嵐秀
直擬結廬終老間

○穹窿山在吴中山最高深處赤松子取赤石脂于此
神仙傳赤松子秦穆公魚吏也食桂實石脂絶穀後
去吴山昇仙吴都賦云赤松蝉蜕而附麗此有寺名
福臻

○○　華山精舍　　　　前人

巖屏晚樹噪寒鴉嵐翠樓臺釋子家池面鑑光功德水金波影裡石蓮花

○天池在吳縣西六十三里老子枕中記云吳西界有華山可以度難父老云山頂北有池上生千葉蓮花服之可以羽化因曰華山長林森天荒楚蔽日輿地志云山上有石鼓晉隆安中鳴乃有孫恩之亂比年有土人張氏買此山以葬親開鑿岩石甚奇勝山半有大磴曰天池最佳處也

○○雨中游包山精舍　皮日休

吳都文粹　二十一　卷四

松門亘五里彩碧高下絢幽人共躋攀勝事頗清便霎
霎林上雨隱、湖中雷薜帶輕束腰荷笠低遮面濕屦
黏烟霧穿衣落霜霰笑次度岩壑困中遇臺殿老僧三
四人梵字十數卷地布無夏屋境僻之朝膳散髮抵泉
流支頤數雲片坐石忽忘起捫蘿不知倦異蝶時似錦
幽禽或如鈿篣篣還戛双栟櫚自搖扇俗態既斗藪野
情空眷戀道人摘芝菌為予備午饌渴具石楠羹飢愜
胡麻飯如何事于役茲游急于傳却將塵上衣一任瀑
絲濺

陸龜蒙

包山信神仙主者上真職及棲鐘梵侶又是清涼域乃知烟霞地絶俗無不得岩開一徑分栢擁深殿黒僧閒若圖畫像古非雕刻海客施明珠湘蕤料[illegible]净食有魚皆玉尾有鳥盡金臆手携鞞鐸供（唐言楊枝）若在中印國千峰殘雨過萬籟清且極此時空寂心可以遣智識知君戰未勝尚倚功名力却下聽經徒（生公有聽經名）孤帆有行色

○洞庭包山即洞庭山也傳記所載多與洞庭相雜吴地記云在縣西一百三十里中有洞庭深遠世莫能

測吴王使靈威丈人入洞穴十七日不能盡因得禹書郡國志洞庭山有宫五門東通林屋西達峨眉南接羅浮北連岱岳東有石楼〻下有西石扣之清越所謂神鉦昔有青童秉獨飈飛輪之車尚傳至此其跡上有天帝壇山〻有金牛穴吴孫權令人掘金〻化為牛走上山其跡存焉吴王闔閭作水晶宫于此尤極水府之珍怪淮南子云斷修蛇于洞庭左傳哀公元年夫差敗越于夫椒今太湖東别有夫椒山下有大洞天宫潛通五岳又云包山舊無三班謂蛇

虎雉侯景亂後乃有虎蛇五符云林屋山一名包
山在太湖中下有洞潛通五岳號天后别宫夏
禹治水平後藏五符于此即靈威丈人入山所得
是也真誥迺包山下有石室銀房圍百里又有白
芝隐泉其水紫色玄中記云吴國西有具區中
有包山洞庭地下潛通瑯琊東武山山穴道一名
椒山吴敗越于夫椒即此是也又名洞庭山吴
大帝時使人行二十餘里而返云上聞波濤
聲有大蝙蝠如鳥拂杀火穴中高處照不見

顛左右多有道人馬跡禹治水過會稽夢人衣玄
纁告治水法在此山北鈿函中并不死方禹得藏于
包山石室吴人得之不喻問孔子云王居殿赤烏
啣集庭此何文字曰此禹石函文也戰國策曰越
王散卒三千擒夫差于干隧吴郡西北有地名干
隧是也句曲山間有靈府洞庭四開古人謂仙壇之
靈區天后之便闕清虚之東窓林屋之隔沓
衆洞相通七塗九便四方交達天后者林屋洞
中之真君住在太湖包山下靈威得靈寶符

處也又云包山下有石室銀户方圓百里中有白芝亦名林屋山今洞庭山在太湖〻中有東西二山西山最廣林屋洞及諸故物悉在焉東山有柳毅井為故跡房琯云不游興德洞庭未見山水興德杭州寺也洞庭景物互見太湖門

○林屋館銘　陳沈烱

夫玄之又玄處衆妙之極可乎不可成通行之致斯蓋寂寥杳冥希微恍惚故非淮南八仙之圖賴鄉九井之記至若崑山平圃銀牓相輝蓬閬仙宮金臺崛起南瞰

胥臺傍連飛閣桂柱瓊軒日華雲瑞
銘曰大道既隐衆聖無門悠〻太極誰見玄根祈年立
秦望仙表漢髩髴神靈依稀宫觀峨〻林屋輪奐緋細
庭羅花鳥室静塵埃

○○縹緲峰　　皮日休

頭帶華陽帽手拄大夏笻清晨陪道侶来上縹緲峰帶
露嗅藥蔓和雲尋麈踪時驚鼯鼠飛上千丈松翠壁
内有室叩之虚硞碒上尹各反下音陰古穴下徹海視之寒鴻
濛遇歇有佳思緣危無倦容須臾到絶頂似鳥穿樊籠

恐是蹈海日疑身臨天風衆岫照巨浸四方接圓穹似将青螺髻撒在明月中片白作越分孤嵐為吴宫一陣鼕鞬氣隱〻生湖東激雷與波起狂電将日紅磬〻割音雨點大金鶻轟下空暴光隔嘗閃彷彿亘天龍連巻百丈尾下拔湖之洪捽為一雲山欲與昭回通移時却攟下細碎衡與嵩神物諒不測絶景尤難窮杖策下反照漸聞仙觀鐘烟波漬肌骨雲壑填心胸竟死愛未足當生且歡逢不然把天爵自拜太湖公

陸龜蒙

左右皆跳岑孤峯挺然起因思縹緲稍乃在虛無裡清
晨躋磴道便是孱顏始據在即更歌遇泉還徙倚花奇
忽如薦樹曲渾成几樂靜烟靄知忘机猿狖喜頻板峻
過斗末造平如砥舉首閱青冥迴眸聊下睇高帆大于
鳥廣埤綿類蟻就此微茫中爭先未嘗已葛洪話剛氣
去地四十里茍能秉之游止若道路耳吾將自峯頂便
可朝帝宸蓋欲活群生不唯私一己超騎明月軨復兲
、華星藥却下蓬萊巔重窺清淺水身為大塊客自號天
、隨子他日向華陽敲雲問名氏

垈

〇〇桃花塢　皮日休

夤緣度南嶺盡日穿林樾窮深到茲塢逸興轉超忽塢名雖然在不見桃花發恐是武陵溪自閑仙日月倚峰小精舍當嶺殘耕岱將洞任迴環把雲恣披拂閒禽啼窅窱險狖眠硉矹微風吹重嵐碧埃輕勃勃清陰減鶴睡秀色除人渴敲竹鬬錚摐弄泉爭咽嗢空齋蒸栢葉野飯調石髮空羨塢中人終身無履韤

陸龜蒙

行行問絕境貴與名相親空經桃花塢不見秦時人願

此為東風吹起枝上春頗此作流水潛浮藻中壓頗此為好鳥得棲花際鄰頗此作幽蝶淂隨花下賓朝為照花日暮作涵花津試為探花士出作偷桃臣桃源不我棄庶可全天真

○○洞庭南舘　張祐

一逕逗霜林朱欄遶碧岑地盤雲夢角山鎮洞庭心樹白看烟起沙紅見日沉還因此悲屈惆悵又行吟

○○早發洞庭　白居易

閶門曙色欲蒼蒼星月高低宿水光棹舉影搖燈燭動

舟移聲拽管絃長漸看海樹紅生日遥見包山白帶霜出郭已行十五里唯消一曲慢霓裳

方干

長天接廣澤二氣共含秋舉目無平地何心恋直鈎孤鐘鳴大岍片月落中流却憶鴟夷子當時此泛舟

洞庭小湖　白居易

湖上山頭别有湖芰荷香氣占仙都夜含星斗分天象晚映雲霞作画圖風動緑蘋天上浪鳥栖寒照日中烏若非神物多靈跡爭得長年冬不枯

〇〇入林屋洞　皮日休

齋心已三日筋骨如烟輕腰下佩金獸手中持火鈴幽
塘四百里中有日月精連亘三十六各〻為玉京自非
心志誠必被神物烹顧余慕大道不能惜微生遂招放
曠侶同作幽優行其門纔函丈初若盤薄硎洞氣黑昳
昳苔髮紅鬡鬡試足值坎窞低頭避崢嶸攀緣不知倦
怪異焉敢驚匐匍一百步稍〻策可橫忽然白蝙蝠來
撲松炬明人語散澒洞石響高玲玎脚底龍蛇氣頭上
波浪聲有時若服匿偪仄如見綳俄尔造平波豁然逢

光晶金堂似鑄出玉座如琢成前有方丈沼凝碧融人
情雲漿湛不動瓊露涵而馨嗽之恐減筭酌之必延齡
愁為三官責不敢携一甌昔云夏后氏于此藏真經刻
之以紫琳秘之以丹瓊期之以萬祀守之以百靈焉得
彼丈人窃之不加刑石匱一以出左神俄不扃禹書既
云得吴國由是傾蘚縫綫半尺中有怪物腥欲去既嚘
嗜将廻又伶傳却導舊時道半日出窍寘履泥惹石髓
衣濕沾雲英玄籙乏仙骨青文無絳名雖然入陰宮不
得朝上清對彼神仙窟自厭濁俗形却憎造物者遣我

騎文星

陸龜蒙

知名十洞天林屋當第九人間三十六洞天知名其十耳餘二十六出九微志未行于世題之為左神理之以天后林屋洞為左神幽虛之天天即天帝真后之便闕魁唯碎邪輩左右專備守自非方瞳人不敢窺洞口唯君好奇士復嘯忘情友致傘在風林低冠入雲竇中深劇苔井傍坎緣藥凹石角忽支頤藤根時束肘初為大幽怖漸見微明透屹若造靈封森如達仙藪嘗聞白芝秀狀與琅花偶又聞紫泉光甘如酌天酒白芝紫泉皆此洞所出乃神仙

之飲餌非常人所能得何人能挹嚼餌以代漿饌却笑探五符徒劳步雙斗真君不可見焚盅空遲久眷恋玉碣文行〻但回首

○洞庭山　王禹偁

吴山無此秀乗暇一遊之萬頃湖光裡千家橘熟時平看月上早遠覺鳥啼遲近古誰真賞白雲應得知

李弥大

山浮群玉碧空沉萬頃光涵幾許深梵刹楼臺嘘海蜃洞天日月浴丹金秋林緑結流連賞春塢藏紅次第吟

擬汎一舟追范蠡從来世味不關心

○昔白樂天為姑蘇太守游洞庭山題詩翠峰寺有笙歌盡舟之句紹興壬子李弥大守平江越月而張片帆来游洞庭首訪翠峰追懷古昔擬樂天體聊継其韵時異事別各遂所適之樂云耳詩云林屋館即洞庭前代蓋有宮館非今能宇處也

○○　菴裏　皮日休

菴裏何幽奇膏腴二十頃風吹稻花香直過龜山頂青苗細膩臥白羽幽溶靜塍畔起鸊鵜田中通舴艋幾家

傍潭洞孤戍當林嶺罷釣時煮菱停繰或焙茗峭然八十老（一作翁）生計于此永苦力供征賦怡顔過朝暝洞庭取異事包山極幽景念尔飽得知亦是遺民幸

陸龜蒙

山横路若絶轉檝逢平川〻中水木幽高下兼良田溝塍墮微溜桑柘含疎烟處〻倚蚕箔家〻下魚筌騃犢卧新奴野禽争折蓮試招搔首翁共語殘陽邊今来九州内未能皆恬然賊陣始吉語狂波又凶年吾翁欲何道守此常安眠笑我掉頭去蘆中聞刺船余知隐地術

可以齋真仙終當從之游庶復全于天

○菴裏傍鼋山下有良田二十頃

○○石板　　　　　　　　皮日休

翠石数百步如板漂不流空疑水妃意浮出青玉洲中

若莹龍劍外唯疊蛇矛狂波忽然死浩氣清且浮似將

翠黛色抹破太湖秋安得三五夕携酒棹扁舟召取月

夫人嘯歌於上頭又恐霄景濶虛皇拜仙侯欲達九錫

碑立當十二楼瓊文忽然下石板誰能留此事少知音

唯應波上鷗

前人

一片倒山屏何時隳洞門屹然空濶中萬古波濤痕我意上帝命將来壓泉源恐為庚辰宮囚怪刀所掀又疑廣袤次零落潛驚奔不然遭霹靂強半沉無垠如何造化手便截秋雲根往事不足問奇踪安可論吾今病煩暑據箄嘗昏昏欲從石公乞（石板在石公山前）瑩理平如瑞前後植桂檜東西置琴樽盡攜天壤徒浩唱羲皇言

黿頭山神女歌

韋應物

黿頭之山直上洞庭連青天蒼蒼烟樹閑古廟中有蛾

眉成水仙水府沉沉行路絶蛟龍出没無時節竟罔魍魎潜太陰身與空山長不滅東晋永和今幾代雲髪素顔猶盻睞陰沉靈氣静凝美的皪龍綃雜瓔佩山精水魅不敢親昏明想像如有人蘭蕙瓔芳積烟露碧窓松月無冬春舟客經過奠椒醑巫女南音歌楚些碧水冥冥空鳥飛長天何處雲随雨紅蘂緑蘋芳意多玉靈蕩漾凌清波孤峰絶島儼相向鬼嘯猿鳴垂女蘿皓雪瓔姿殊異色北方絶代徒傾國雲没烟消不可期明堂翡翠無人得精靈變態状無方游龍宛轉驚鴻翔湘妃獨

立九疑暮漢女菱歌春日長始知仙事無不有可惜吳宮空白首

○黿頭山一名黿山在洞庭西山之東麓有石闖出如黿首相傳以名一山皆青石温潤尤光瑩扣之琅琅有金玉聲浙西碑銘與壓砌緣池皆取此石而出不知其數山如剝皮矣舊有神女祠

○○訪踞湖山人仇君隱居　馬雲

山臨水湖上寺隱青蘿閶五湖洞壑邃衆峰屏障環濃嵐面光彩驚波背潺湲雲歸定僧寂月伴樵夫還林墅

掩蒙崟級磴容躋攀錢氏建生社此地為家山

○○芳桂塢　　前人

森々芳桂樹團團削青黄春花飛澗户秋寔墮岩曲霜條封紫翠風葉搖香緑下有幽棲人結茅避世俗學仙讀丹經好道採藥蘇植根滿群峯不便樵斧觸塢仇道所居也

○飛泉塢　　前人

高崖落飛泉寒源味冷冽雲津流玉乳石髓澄金屑淙淙危磴響滴々蒼蘚缺濺沫洒明珠滿澗融寒雪岩夫就漱飲姬子臨浣潔不獨愈痾疾自可清内熱

脩竹塢　前人

檀欒徧岩川幽谷氣象鮮風聲自宮徵秋籟成管絃夕靄起碧霧晨曦生緑烟花繁紫鳳飽質勁蒼虬挐藤蘿交容蔭仰不見雲天欲訪桃源路塢〻疑相連

丹霞塢　前人

東澗岩谷秀粲然金碧麗亘野丹氣明向曙霏烟霽磴瀉紅玉泉林紆赤鳳髻日赤諸峯上月皎半天際幽谷紆絳繒層崖紫錦斕羨此山居人蕭然遠塵世

白雲塢二首　前人

君尋白雲塢最近林澗西永日抱幽石因風度清溪炎
随夏景変涼高秋氣凄素靄生巇崿練光帯虹霓潤澤
施天下還返故山栖深惟賢士志出處可與齊
雞犬眠雲白日空暮春花木滿川紅茶甌香沸松林火
藥杵聲清石澗風玉帛未聞招處士神仙今喜識臺翁
夕陽半局殘棋在醉倚岩邊紫桂叢」
○踞湖山即横山也在城西南十五里以其背臨太湖
若箕踞之勢錢氏有國時造寺于山下曰薦福寺
至今里人不以踞湖名山或以寺名〻之山有五大

應低一格

塢圖經又名五塢山五塢舊名不雅皇祐五年節度推官馬雲三游此山求其林澗之美峯巒之秀雲景之麗泉石之怪因其物象各以美名〻五塢踞湖郎揔五塢之衆名爲六題焉

○○二獄山　楊備

雷霆號令霜雪威二獄東西鎖翠微髣髴酆都叢棘地嚴扉應是古圜扉

○東獄西獄二山在太湖中吴王于此置男女二獄

○○夜宴虎丘山序　獨孤及

方今内有夔龍皋伊以佐百揆外有方叔召虎以守四
海天下之人高枕無事則琴臺以宴朋友笑歌以展霞
月吾党之職也吾是以有茲虎丘之會岩岩虎丘奠吴
西門崒然如香楼金道自下方而蹋鏁丹霞白雲于蓮
宮之内會之日和氣满谷陽春逼人岩烟掃除肅然若
有待　不亂行于鷗鳥銜流霞之盃而群嬉乎其
中笑向碧潭與松石道舊兕觥既發賓主醉止狂歌送
酒坐者皆和吴趍數奏雲去日没梵天月白萬里如練
松陰依依状若留客于斯時也挽雲山為我輩視竹帛

嬴

如草芥頽然樂極衆慮皆遣于是奮髯屢舞而嘆今夕
何夕同者八人醉罷皆賦以為此山故事

○○　陪陸長源裴樞游武丘　　獨孤及

雲水夾雙刹遥疑涌平陂入門見藏山元化何由窺曳
組探詭怪停驄訪幽奇情高氣為與德暖春亦隨摇草
自的皪黄楼争蔽虧金精發壞陵劍彩沉靈池一覽匝
天界中峯步未移應來遠公石列坐援松枝

○○　劍池　　李峴

闔閭葬日劳人力嬴政穿来役鬼工澄碧尚疑神物在

等閒雷雨起潭中

○○虎丘贈魚處士 趙嘏

蘭若雲深處前年客重過岩空秋色動水濶夕陽多早貟江河志今如鬓髮何唯君閒勝我釣艇在烟波

○○虎丘寺西小溪閒泛 皮日休

鼓子花明白石岸桃枝竹覆翠嵐溪分明似對天台洞應厭頑仙不肯迷

陸亀蒙

樹號相思枝拂地鳥語提壺聲滿溪雲涯一里千萬曲

直是漁翁行也迷

許渾

暫引寒泉濯遠塵此生多是異鄉人荆溪夜雨花飛疾吴苑秋風葉落頻萬里高低雲外路百年榮辱夢中身世間誰是西林客一卧煙霞四十春

○○

酬陸四十虎丘對月　權德輿

東風變薌薄時景日妍和更想千峯夜浩然幽意多蕙香襲閒趾松露泣喬柯潭影漾霞月石床封薜蘿使君卅歲時已負青冥姿龍虎一門盛淵源四海推駿

駸步驟褭婉〻翥長離玄圃盡瓊樹家林輕桂枝
聲榮徒外獎恬淡方自適逸氣凌顥清仁祠訪金碧芊
眠瑤草秀斷續雲竇滴芳訊發幽緘新詩比良覿
故人石渠署美價滿終朝落日松杉直芬〻蘭杜飄雄
詞鼓溟海曠度谿烟霄營道幸同術論心皆後凋
循環伐木詠緬邈招隱情慚茲擁腫才愛彼潺湲清拘
牽尚多故夢想何由并終結方外期不待華髮生

〇〇題東武丘六韻　白居易

香刹看非遠祇園入始深龍蟠松矯〻玉立竹森〻恠

石千僧坐霊池一劍沉海當亭両面山在寺中心酒熟
憑花勸詩成倩鳥吟寄言軒冕客此地好抽簪

夜游西武丘

不厭西丘寺間来即一過舟船轉雲島樓閣出煙蘿路
入青松影門臨白月波魚跳驚秉燭猿覰怪鳴珂揺曳
雙紅旆娉婷十翠娥（容滿蟬態等十妓從遊者）香花助羅綺鐘梵避
笙歌領郡時将久遊山数幾何一年十二度非少亦非
多
自開山寺路水陸往来頻銀勒牽驕馬花船載麗人芰

荷生欲遍桃李種仍新去年重開寺路種蓮又桃李梅約千株好住湖隄上長畄一道春題武丘寺路

〇武丘寺路宴畄別諸妓　白居易

銀泥裙映錦障泥畫舸停橈馬簇蹄清管曲終鸚鵡語紅旗隱動鷓鴣嘶漸銷醉色朱顏淺欲語離情翠黛低莫忘使君吟咏處女墳湖北虎丘西

李紳

秋山古寺東西遠竹院松門悵望同幽島靜時侵徑月野烟銷處滿林風塔分朱雁餘霞外刹對金螭落照中

官俻散僚身却累往来慙謝二蓮宮

劉禹錫

青林虎丘寺林際翠微路立見山僧来遥從鳥飛處茲峰淪宝玉千載唯丘墓埋劍人空傳鑿山龍已去捫蘿披翳奮路轉夕陽遽虎嘯崖谷寒猿啼杉松暮徘徊北楼上海江窮一顧日映千里帆鵶歸萬家樹暫因愜所適果得損外慮庭暗棲還雲簷香滴甘露久迷空寂理多為声華故永欲投此山餘生豈能悞

「○○、虎丘見元相公題名愴然有詠」

劉禹錫

滻水送君〻不還見君題字虎丘山因君早貴兼才美
不得多時在世間

○○登虎丘望海楼　前人

獨宿望海楼夜深珎木冷僧房已閉户山月方出嶺碧
池涵劍彩宝刹摇星影却憶郡齋中虚眠此時景

○○同沈恭子游虎丘　清遠道士

我本長殷周遭羅歷秦漢四瀆與五嶽名山盡幽竄及
此寰區中始有近峰玩近峰何鬱〻平湖渺瀰漫吟挽

川之陰步上山之峤山川共澄澈光彩交零亂白雲翁欲歸青松忽消半客去川㠀靜人來山鳥散谷深中見日崖幽曉非旦聞子盛遊遨風流足詞翰嘉茲好松石一言嘗累嘆勿謂余鬼神忻君共游贊」

○○

刺清遠道士詩因而繼作　顔真卿

不到東西寺于今五十春碣來從舊賞林壑宛相親吴、子多藏日秦皇厭嵗辰劍池穿萬仞盤石坐千人金氣騰為虎琴臺化若神登壇仰生一捨宅嘆珣珉中嶺分雙樹迴峦絕四鄰窺臨江海接崇飾四時新客有神仙

者于兹雅麗陳名高清遠峡文聚斗牛津迹異心寧間聲同質豈均悠然千載後知我抱光塵

追和顔真卿　李德裕

茂苑有靈峰嗟予未游觀藏山在平陸壞谷為高岍岡繞數仞墻嶺潛千尺餘乃知造化意回斡資奇玩鏐騰昔虎踞劍没常龍煥潭黛入海底崟岑聳霄半層峦未昇日哀猿寧知旦綠篠夏凝陰碧林秋不換冥搜既窈窕迴望何蕭散川晴嵐氣収江春雜英亂逸人綴清藻前哲留篇翰共和哀玉音皆舒文綉段難追彦回賞褚彦

田曰凡人所稱嘗過其寔唯見虎丘則逾其所聞徒起興公嘆一夕如再升含毫星斗爛之

追和清遠道士詩序

皮日休

虎丘山有清遠道士詩一首其所稱自殷周而歷秦漢迄于近代抑二千年來以鬼神自謂亦怪之甚者格之以清健飾之以俊麗一句一字若奮若搏彼建安詞人倘在不得居其右矣顏太史師魯公爰之刻于岩際并有繼作李太尉衛公欽清遠之高致慕魯公之素尚又次而和之顏之序事也典李之屬思也麗並一時之寡和

又幽獨君二首亦甚奇愴嗜古者觀而樂之余因總而
為　獨君一篇不知孰氏之作其詞古而悲亦存于篇末
太玄曰太無方易無時然後為鬼神也噫清遠道士果鬼
神乎抑道者流乎抑隱君子乎詞則已矣則我不知也詩云
成道自衰周避世窮炎漢荊杞雖云梗烟霞尚容窠兹
岑信靈異吾懷愜流玩石澀古鉄鉎嵐重輕埃漫松膏
賸幽徑蘋沫著孤峼諸蘿幄幕陰衆鳥陶匏亂岩罅地
中心海光天一半玄猿行列歸白雲次第散蟾蜍生夕
景沆瀣餘清旦風人採幽什墨客舉靈翰嗟予慕斯文

一咏復三嘆顯晦雖不同茲吟粗堪賞

陸龟蒙

一代先後賢聲容劇河漢況茲邁古士復歷蒼崖窟辰經幾十萬邈與靈壽玩海嶽尚推移都鄙固蕪漫羸僧下高閣獨鳥沒遠岍嘯初風雨來吟餘鐘唄亂如何鍊精魄萬祀忽欲半寧為斷臂憂肯作秋栢散吾聞酆宮内日月自昏旦左右修之郎縱橫灑篇翰斯人久冥漠得不垂慨嘆庶或有神交相與重興賛

○○補沈恭子詩序　　前人

按清遠道士詩題中有沈恭子同遊既為神怪之儔得非姓氏謚為恭子乎趙宣子韓獻子之類耶恭子美謚也而詩中有風流詞翰之稱豈獨唱而不和者歟疑闕其文以為恭子之恨迺作一章存于編中亦補亡之義也詩云

靈質貫軒昊遐年越商周自然失遠裔安得怨寡儔我亦小國胤易名慚見優雖非放曠懷雅奉逍遙遊攜手桂枝下屬詞山之幽風雨一以過林麓颯然秋落日倚石壁天寒登古丘荒泉已無夕敗葉翳不流亂翠缺月

影衰紅清露愁覽物性未逸反為情所因異材偶絶境佳藻窮冥搜虛傾寂寞音敢作雜佩酬

○○ 游虎丘詩并序　晁迥

予罷掌賦東陽歸次蘇臺時故人王士龍飲餞于閶門且曰虎丘山寺吴中勝槩不越數里可能遊乎余沛然愜心諾而偕往由枝泒乗水輿嘯清風目幽趣棹工業力葉舟如飛拂白英以半開縈紅樹以傍出造詣幽境曼無纖塵相與披烟蘿凌磴道杳疑天外作為佛宫俯臨劍池砑若斷岸磊砢磓崪不能形容肆凝覽以東周

惜頹景之西匿一觴一咏挹興而還遂裁一律以表嘉
會時淳化四載自序詩曰
餞別閶門復少留故人邀我浣離愁旋酤美醞乘漁艇
急棹斜陽到虎丘千古劍池呀怪石一方金地枕清流
歸時眷恋情無限不得從容秉燭遊

王禹偁

蘚墻圍着碧孱顏曾是當年海湧山盡把好峯藏寺裡
不教幽景落人間劍池草色經冬在石座苔花自古斑
珍重晉朝吾祖宅一迴來此便忘還

游虎丘觀白傅舊題因成二首　前人

樂天曾守郡酷愛虎丘山一年十二度五馬來松關我今方吏隱心在雲水間野性群麋鹿忘机狎鷗鷳秉興即一到興盡即自還不知使君貴何似閒長官

徒勞官職在天涯一望家園一淚垂不是虎丘多勝樂拂衣歸去已多時

吳王墓　陳克佐三首

惜哉吳王墓秦帝欲開破應笑埋金玉千年賈餘禍不

特虎跡銷已聞鮑車過又是驪山頭炎炎三月火
雲際樓臺樹杪軒孤松千尺聳平田危闌忽思微吟好
隱隱秋帆半入天
人間靈迹遍曾游祗欠吴門訪虎丘今日偶来無限感
闔閭墳在劍池頭

丁謂　二首

久塵黄閣侍威顔忽擁高牙出帝関玉珮乍辭文石陛
錦衣重到虎丘山仙飈時傍潺湲起珍羽多従香靄還
官大寵深難得暇林泉懷舊是偷閒

鳳池初下陟孱顏虎寺重游啟舊關金錫傳呼枝釣渚
宝天輝映讀書山卧龍昔日曾三顧遼鶴千年始一還
應為蒼生須再起草堂蘿屋詎容閒

昔見虎耽耽今為佛子岩雲寒不出寺劍淨求離潭幽　梅詢
步蘿随徑高禅雪閉庵吴都十萬户煙瓦亘東南

虎丘何為者鯨波湧而顕古謂海湧峯也堆青鎮一隅峙秀狀　范仲淹
無限遥峰乃衆隂四望拱孤巘上有梵王家高壓長洲

苑游人接踵来千里必重趼奔走趍層巔凌競陟雲棧
下瞰洞庭罕傍睍霻岩浅巍乎屹宝閣仰之目睛眩中
有明光書麗若日星烜三朝所秘藏百霻共幽賛兹焉
萁福庭瞻者皆色灑音鈇曼覺塵世非恍如化城現塔頂
拂彤霞山脚環清甽北崕宿雪寒東阜晨曦煖陰森岩
腹空詰屈廊腰轉秋磬落雲端宵燈耿天半處者病惱
躅来者鈍根遺子膺邦寄時所歷游屐遍不領旌旗行
恐驚禽斅散捫蘿窮邃深據檻望平遠尋幽既懽忻訪
古或興歎奕金墳已隳淬劍池猶漫冰霰凋古杉皮陸所咏

古杉也朱丹浮斷簡今秋崖下泉涸得竹簡數片皆朱書有古年号珍重講石存訊評兕詩誕唐賢畄風什遺墨羅粉版險語悉冥搜清景不可追李衛公顔魯公而下篇什俱在國朝有筆札岩壁刻稜婉刀梢君謨書龍蛇不疑篆蔡書劍池壁篆生公堂二美貢禪扃千古駭人眼于時出世師净住日營繕發緣善侶臻畢力梓土僝紺宇生光輝勝槩如采絢海衆咸安棲宗風愈恢闌迦陵覺音清石室鶖籌滿自惟挂纓歸心與紛孥斷每来尋香剎嘗得㦲野弁久畄蓮漏移相接犀談款露井汲雲漿山有陸鴻漸井冰甕誠芳蕣最憐草樹春幾愛烟嵐

吴都文粹　四五　卷四

晚頗借一菴石于茲修止觀

蔣堂

林端生色美新晴樓閣依山若画屏石坐最宜人選勝
劍池潛想地遺霊僧窓松竹冬猶茂寺路烟霞晝亦冥
自愧邇年假麾守一廻方得扣禅扃

張伯玉

東客從來過虎丘橘花渡口維扁舟闔閭宮殿不可見
但對古塔寒颼颼憶昔吴王全盛日水犀十萬横吴鈎
楚山既掘荊人塚越嶺仍將勾践囚豈謂西施能破國

誰知麋鹿上臺游惟有吴王在時月夜深閶照劍池秋

王紳

山頭古寺多陳跡故國空餘氣象雄霸業已隨流水去闔閭墳草又西風

蘇軾

入門無平田石路穿細嶺陰風生澗壑古木翳潭井湛盧誰復見秋水光耿耿鋏花秀岩壁殺氣噤蛙黽幽幽生公堂左右立頑礦當年或未信異類服精猛胡爲百歲後仙鬼互馳騁窈然留清詩讀者爲悲梗東軒有佳

致雲水麗千頃熙〻覽生物春意破凄冷我来屬無事
暖日相與永喜鵲翻初旦愁鳶蹲落景坐見漁樵還新
月溪上影悟彼良自咍歸田行可請

○○和劉孝叔會虎丘　蘇軾

白簡威猶凜青山興已濃鶴閒雲作氅駝卧草埋峯跪
履若可敎卜鄰應更容因公問回老何處定相逢
太常齋未解不肯對纖穠只遣三千履来游十二峯林
空荅清唱潭净寫衰容歸去瑶臺路還如月下逢

○○蒲葦諸公倡和詩題辭　朱長文

虎丘之景蓋有三絶望山之形不越岡陵而得登之者見層峰峭壁勢足千仞一絶也近臨郛郭矗起原隰旁無連屬萬景都會西聯穹窿北亘海虞震湖滄洲雲氣出没廓然四顧指掌千里二絶也劍池泓渟徹海侵雲不盈不涸終古湛湛三絶也兼是三絶冠以佛宫寶塔精廬重樓飛閣崎嶬峻嶒梯岩架壑東南之勝無出其右故自晉唐至于聖朝儒生文士宗工逸客風什相継昔嘗集録吴郡詩得虎丘之作七十餘篇其遺落而失傳者亦何可勝道哉左丞河東蒲公自杭帥鄆弭節閶扉

一登此山坐小吳會歡賞不已形于咏歌于是樞密豫
章、公使君劉公通守王君欣聞佳製屬而和之思與
境會情以辭宣高義薄雲霞正聲合鐘律足以爲海湧
之榮觀中吳之美賞使顏李大句劉白高風不專美于
是矣蒲公又有六詠刻之他日云元祐三年四月蘇州
府學教授朱長文題

蒲宗孟

長松送步水湾環寺據吳王冢墓閒瘦石千層開碧玉
踈圖十里褁青山壁從地上嶄巖起雲出門前自在閒

零落生公講堂下無人説法但空還

游虎丘因書錢塘舊遊　前人

失却湖山恨去舟新年無意作春游東風昨夜思龍井曉雨全家入虎丘望見遠峰疑石衖（南高峯勝處）誤尋歸路認花楼（沙河勝處）明朝一出閶門去清夢遥知在西州

章子厚和前二韻

闔閭城外小層巒瘦竹寒松数里間並岍逢僧知寺近入門鑿石漸登山純鈎劍化空池在幽獨詩成白石間游客幸無官事束何須齋舫歛昏還

傳聞城角艤行舟自擁笙歌選勝游偶爲寒江阻潮汐
再容清賞屬林丘燕回吴苑風和雪夢斷錢塘月滿樓
盡把蘇杭好烟景醉吟將去詫東州

〇〇虎丘雜咏

生事飄然付一舟吴山蕭寺且淹留白雲已有終身約
緑酒聊驅萬古愁峽束蒼淵深貯月岩排紅樹巧粧秋
徘徊欲出向城市引領烟蘿空自羞

〇〇虎寺　　楊倚四首

闔閭城外古荒丘雲裡鐘聲滿寺樓白虎金精人不見

昔曾雄據此山頭

○○　劍池

三尺龍蟠古到今波光凝碧暮雲深沉絲不斷應無底
山脚池心徹海心

○○　試劍石

白刃凝霜照水寒當時入匣便迴鑾岩前片石猶中斷
切玉如泥也不難

○○　生公講堂

海上名山即虎丘生公遺跡至今留當年說法千人坐

曾見岩邊石點頭

孫　覿 二首

冬温陽久亢一雪意頗快乘興泛扁舟出郭信如瀟放棹得虎丘恍然銀色界瑶天夾細徑瓊樹偃曲盖引步到層樓極目吴城隘飛鳶翔空中千峯幕天外景高雲可凌寒重酒易觧群兒慶老翁于此氣不偬

多病身如寄長貧氣自華只将窮事業便當老生涯泥飲醉生纈挑燈喜見花殷勤香火社閒病到毗耶禪客々

青鞋軟詩翁白帽斜鷺田蝶栩々喜聽鵲喳々推户風々

敲竹登牀雨散花匆匆一笑許隻履上青霞

程　俱二首

四顧渺平野孤撑見林丘常疑湧地出倘復海所浮上有千人臺靈蹤想前修无情旨深義頑石亦點頭下有百尺淵神光干斗牛陰崖不見日草木皆先秋雨晉多達士東亭柳其流結廬遠車馬寄此山之幽一朝施白足棄去如毛輶矧伊桑下宿肯作賈胡留

尋壑復經丘人看李郭舟藤花多背日桐葉最知秋虎去蘇藿盡龍歸蛙黽愁振衣臨石壁未羨習池游

何麟

平地湧岩壑，稜層驚大雄。何曾遠人世，直欲傍天宮。白虎威靈在，赤烏緣影空。生公能説法，音與塔鈴同。

方惟深三首

晋人事高曠，所得多奇僻。雲岩佛子廬，曾爲二王宅。當時盤樂地，俯仰成今昔。林泉亦余好，徘徊相遺跡。那知非昔人，復作登臨客。

○○劍池

雲崖倚天開，蒼淵下澄澈。世傳靈劍飛，山石千丈裂。神

蹤去不返今作蛟龍穴是非漭難語歲久多異説惟當清夜永静賞潭上月

○○千人石

生公天人師講法花雨墮當時聽法衆片石千人坐山祇常護持山鳥不敢汚野人心茫然傲蕩多酒過醉来不肯歸石上看雲卧

方仲荀

海湧起平田禪扉古木間出城先見塔入寺始登山堂静叅徒散巢喧乳鶴還祖龍求宝劍曽此鑿潺顔

○○劍池銘并序　王禹偁

虎丘劍池泉石之奇者也吴地記引秦王之事以為詭説攷諸舊史則無聞焉矧儒家者流不可語怪因為銘以辨之銘曰

茂苑之側震澤之瀼同湄巖巖虎丘沉沉劍池峻不可以仰視深不可以下窺吾疑乎太樞作怪化工好奇水物設險山妖忌危陷其泉也蓋取諸坎磔其石也以象乎離艮有止兆彖無亨期搆此屯難成乎險巇直恐夏后弗能導之豈惟秦皇而能肇茲蓋其始也一氣發洩而

儀分别争融鬬結擊摶而裂断壁雙揭摩雲不徹翠禿青残挫鋭而中絶寒流下咽犇山未决雪湧雷收拗怒而曲折戲束湍瀨呀槎洞穴鰌翻成窟龍戰有血非自人力盖由天設誰謂一拳登之惟艱誰謂一勺挹之不竭池寔自然劍何妄傳我欲涉道如地之淵我欲立節如石之堅位以道取名以節全濡筆池心勒銘山巔破衆惑焉言予志焉

○○劍池　徐輔

劍去池空水自寒游人到此凭欄杆年来是事銷磨盡

只有青山好静看西清詩話

○虎丘記

虎丘又名海湧山在郡西北五里遥望平田中一小丘吴地記云去吴縣西九里二百步高一百三十尺周二百十丈比入山則泉石奇詭應接不暇其最者劍池千人坐也劍池吴王闔閭葬其下以扁諸魚腸等劍各三千殉焉故以劍名池葬之三日有白虎踞其上故山名虎丘唐避諱改曰武丘劍池淅中絶景両岸劃開中涵石泉深不可測王禹偁序蘇文忠公軾詩形容甚工千

人生生公講經處也大石盤陀数畝高下如刻削亦他山所無又有秦王試劍石點頭石憨憨泉皆山中之景好事者云天下名山所見不及所聞獨虎丘所聞不及所見也其古事載傳記尤多晉王珣虎丘記四山大勢四面周圍嶺南則是山徑西面壁立交林上合蹊路下通并降窈窕亦不卒至珣又為銘序云武丘山先名海湧山吳越春秋曰闔閭死葬于國西北穴穿土為山積壤為丘

吴都文粹卷第四終

吴都文粹卷第五

宋　蘇臺鄭虎臣編集

○○臨頓　皮日休

共老林泉忍暫分此生應不識迴文幾枝竹筍送德曜一乘柴車迎少君舉案品多緣澗藥承家事少為溪雲居然自是幽人事輒莫教他孫壽聞

○臨頓橋在長洲縣北臨頓吴時館名取之臨頓宅者是也又吴地記名吴王親征夷人頓軍憩歇宴設軍士因此置橋唐陸魯望嘗居其旁

○○臯橋　　李紳

伯鸞憔悴甘飄寓非向塵囂隱姓名鴻鵠羽毛終有志素絲琴瑟自諧聲故橋秋月無家照舊井寒泉見底清猶有餘風未磨滅至今鄉里重和鳴

○○重建乘魚橋序　　僧達本

乘魚橋當姑蘇之要津茂苑之靈蹟按吳地志云古者賢士丁法海琴高于此地見大鯉魚長可丈餘有角有足鼓二翼而舞琴高見其異遂乘之騰飛宛轉駕空上昇因立橋云

○○上元烏鵲橋　　楊俻

月滿星移水照天南飛烏鵲影翩〻雖然上屬牽牛分

不為秋河織女塡

○○過白頭橋　　梅摯

白頭橋奈白頭何（郡守白居易建本朝天聖初孫伯純修之因呼孫老）舊德如存

故老歌不特輿梁起遺愛大都才美服人多

○孫老橋在運河上唐白頭橋是也又為元總管道童

重建改名石巖亦其自號也

○○吳江橋　　鄭獬

三百闌干鎖画橋行人波上踏雲鰲揷天螮蝀玉腰濶
跨海鯨鯢金背高路直鑿開元氣白影寒壓破大江豪
此中自與銀河接不必仙槎八月濤

〇〇前題　　蔣堂

雁翅橋横五河北暈飛亭屹大江心魚龍渊藪風月窟
若比廣寒宮更深

利往橋即吴江長橋也慶曆八年縣尉王庭堅所建
有亭曰垂虹而世并以名橋續圖經云東西千餘尺
前臨太湖洞庭三山横跨松江行者晃漾天光水色

○中海内絶景惟遊者自知之不可以筆舌形容也垂虹亭兵火後復創亭前樂軒已不復立中興駐驆武林往來瞳瞳千萬承平時此橋方為大利有議以石柱易木柱者或謂非是然亦卒不果易紹興三十二年虜亮犯淮中外戒嚴或獻計樞廷乞行下平江焚長橋時郡守洪遵持不可而縣民已有知之者相與聚哭于圯下矣橋兩圯南有匯澤亭北有底定亭餘見松江條

8 泛太湖書事寄元微之　白居易

烟渚雲帆處處通飄然舟似入虛空玉盃淺酌巡初市
金管徐吹曲未終黃夾纈林寒有葉碧琉璃水淨無風
避旗飛鷺翩翻白驚鼓魚跳撥剌紅澗雪壓多松偃蹇
岩泉滴久石玲瓏書為故事留湖上吟作新詩寄浙東
軍府威容從道盛江山氣色定知同報君一事君應羨
五宿澄波皓月中

○○泛太湖　皮日休

聞有太湖名十年未曾識今朝得泛游大笑稱平昔一
舍行胥塘盡日到震澤三萬六千頃頃頃玻璃色連空

澹無類照野平絶隟好放青翰舟堪弄白玉笛踈岑七

十二双〻露弓戟悠然嘯傲去天上摇畫鷁西風乍獵

獵鷩波罨涵碧倏忽雪陣吼須臾玉崖折樹動為蜃尾

山浮似鼇脊落照射鴻溶清輝断拋擲雲輕似可染霞

爛如堪滴漸瞑無處泊挽帆從所適枕下聞澎汃肌上

生瘮瘃音脊討異足迤邅尋幽多阻隔傾風與良便吹入

神仙宅甘将一蘊書永事嵩山伯

前題　　陸亀蒙

東南具區雄天水合為一高帆大弓滿羿射争箭疾時

當暑雨後氣象仍鬱密下如開雕笯音奴籠也聳翅忽飛出
行将十洲近坐覺八極溢耳目駭鴻濛精神寒信栗坑
来年呀谽涌處驚嵳崒險異拔龍湫喧如破蛟室斯須
風妥貼若受命平秩微茫識端倪遠嶠如格音各聿嶢〻
見銅闗湖中穹崇山有銅闗左右皆輔弼盤空儼相趨去勢猶横
逸嘗聞咸池氣下注作清質至今涵赤霄尚且浴白日
太湖上稟咸池五車之氣故一水五名也又云構浮玉究與崑閬匹肅為靈
官家此事難致詰太湖乃仙家浮玉之比堂才迎沙嶼好指顧俄已
失山川互虧蔽魚鳥空聲語麁切取音折在太冲蜀都賦何當授

真檢得名天吳術一一問朝宗方應可譚悉

前題　　楊循

漁舠載酒日相隨一笛蘆花深處吹湖面風收雲影散

水天交照碧琉璃

○○望太湖　　蘇舜欽

杳杳波濤閱古今四無邊際莫知深潤通曉月為清露

氣入霜天作瞑陰笠澤鱸肥人鱠玉洞庭柑熟客分金

風烟觸目相招引聊為停橈一楚吟

前題　　梅堯臣

東湖臨海若看月上青冥河漢微分練星辰淡布螢細
烟沉遠水重露裛空庭孤坐饒清興惟将影對形
○太湖在吴縣西即古具區震澤五湖之處越絶書云
太湖周圍三萬六千頃禹貢之震澤爾雅云吴越之
間具區其湖周圍五百里襟帶吴興毗陵諸縣界東
南水都也
○○明月灣在太湖洞庭山下　皮日休
曉景澹無際孤舟恣廻環試問最幽處號爲明月灣半
巖翡翠巢望見不可攀柳弱下絲綱藤深垂花鬘松瘿

忽似狄石紋或如虢釣壇兩三處苔老腥猵斑沙雨幾
處霽水禽相向閒野人波濤上白屋幽深閒曉培橘栽
出暮作魚梁還清泉出石砌好樹臨柴關對此老且死
不知憂與患好境無佳處好處無境刪赧然不自適脉
脈當湖山

前題　陸龜蒙

昔聞明月觀（在建業故臺城）秖傷荒墅基今逢明月灣不值三
五時擇此二明月洞庭看最奇連山忽中斷遠樹分毫
釐周圍二十里一片澄風漪見說秋半夜淨無雲物欺

兼之星斗藏獨有神仙期初聞鏘鐐鈋姚音積漸調參差空中阜羽衛波上停龍螭縱舞玉烟節高歌碧霜詞清光悄不動萬象寒咿〻此會非俗致無由得旁窺但當秉扁舟酒甕仍相隨或徹三弄笛或成数聯詩自然瑩心骨何用神仙為

○○練瀆在太湖舊傳吴王所開以練兵　皮日休

吴王厭得國所玩終不足一上姑蘓臺猶自嫌局促艅艎六宮門艨衝後軍肅一陣水麝風空中蕩平渌鳥因避錦帆龍跧防銕軸流蘇惹烟浪羽葆飄岩谷霊境太

蹂踐因茲塞林屋空濶嫌太湖崎嶇開練瀆三尋蟠石齒數里穿山腹底靜似金膏礫碎如丹粟波殿鄭妲醉蟾閣西施宿幾轉含烟舟一唱彩雲曲不知欄楯上夜有越人鏃君王掩面死嬪御不敢哭艷魄逐波濤荒宮養麋鹿國破瀆亦淺代变艸空緑白鳥都不知朝暝暮還浴

前題　陸龜蒙

越恃君子衆大將壓全吳越有私卒君子六千人吳將派天澤以練舟師徒一鏡止千里支流忽然迂蒼奩東洪波坐似

馮夷軀戰艦百萬輩浮宮三十餘平川盛丁寧絶島分
儲胥鳳押半鶴膝錦扛雜肥胡香烟與殺氣浩浩隨風
駈殫射盡髙鳥杯觥醉潛魚山靈恐見鞭水府愁爲墟
兵利德日削反爲仇國屠至今鈎鏃殘尚與沙泥俱照
此月倍苦来茲烟亦孤丁魂尚有淚合洒青楓枯

○○銷夏灣　皮日休

太湖有曲處其間爲兩崖當中数十頃別如一天池號
爲銷夏灣此名無所私赤日莫斜照清風多遥吹沙嶼
掃粉墨松竹調塤篪山果紅靺鞨水苔清鬖髿木陰厚

若尾岩磴滑如飴我来此游息夏景方赫曦一坐磐石〻上肅〻寒生肌小艖或可泛（方言云小舫謂之艖）短策或可支行驚翠羽起坐見白蓮披歛袖弄輕浪解襟敵涼颸但有水雲見更餘沙禽知京洛往来客暍死緣奔馳此中便可老焉用名利為

前題　　陸龟蒙

霞島焰難泊雲峯奇未收蕭條千里湾獨自清如秋古岸過新雨高蘿蔭横流遥風吹薫葭折處鳴颼〻音余守圭竇過于回祿因日為籧笛從（渠曲二音篳之異名）分作祇禂

⿰魚隹（紙刀二音 並箄衣）顏狎寒水怪不封朱轂俟豈知烟浪涯坐
可思重裘健若数尺鯉泛然雙白鷗不識虢火井孰問
名焦丘我本魚鳥家盡室营扁舟遺名復避世消夏還
銷憂

○銷夏灣在太湖洞庭西山之趾山十餘里遶之舊傳
吴王避暑處周圍湖水一灣水色澄澈寒光逼人真
可銷夏也

○投龍潭在亀山　皮日休
亀山下最深惡氣何洋溢涎水爆龍巢腥風卷蛟室曉

来林岑静獰色如怒目氣涌撲㚖煤波澄掃純漆下有
水君府貝闕光比櫛左右列介臣縱横守鱗卒月中珠
母見烟際風人出生犀不敢燒水怪恐摧捽時有慕道
者作彼投龍術端嚴持碧簡齋戒揮紫筆兼以金蜿蜒
投之光焌律琴高坐赤鯉何許縱仙逸我願與之游茲
焉託靈質

再題　陸龜蒙

名山潭洞中自古多秘邃君將接神物聊用申秘事鎔
金象牙角尺木無不備亦既奉真官因之狥前志持来

展明詔敬以投嘉瑞鱗光煥水容日色曉山翠吾皇病
秦漢豈獨探怪異所貴風雨時民皆受其賜良田為巨
浸汙澤成赤地掌職一不行精靈又何寄惟貪血食飽
但據驪珠睡何必勞黄金年年投星使

○○胥口　皮日休

波光杳杳不極霽景澹澹初斜黑蛺蝶粘蓮蕋紅蜻蜓
裊菱花夗央一處兩處舴艋三家五家會把酒船偎荻
共君作箇生涯

又

拂釣清風細洒飄簑著雨霏微湖雲欲散未散嶼鳥將飛不飛換酒帽頭把看載蓮艇子撐歸斯人到死還樂誰道剛須用机

胥口　陸龜蒙

雨後山容若動天寒樹色如消目送迴汀隱〻心隨挂席搖〻白蘋知秋露裛青楓欲暮烟饒莫問吳趨行樂酒旗竿倚河橋

又

把釣絲隨浪遠採蓮衣染香濃緑倒紅飄欲盡風斜雨

細相逢斷岸沉魚罶罟約罟二音魚網也鄰村送客龐舸即是

清霜刮野乘閒莫厭裘重

○胥口在木瀆西十里出太湖之口也上有胥山舟出口即水光接天洞庭東西山峙銀濤中景物勝絕

○○前松江賦　程俱

鴟夷子皮既棄越相乘扁舟携西子泝東流方將家五湖而長邁屣萬鍾而不留放若巨魚縱大壑脫若六驥馳坦道而挾輕輈時則八荒收雲千里一碧狂瀾不興遠岫凝色目盡意往雲天出沒引風檣以悲嘯趣烟波

而不極于是遇亡是叟而問津焉曰三江之湊寔為五湖地脈四達衍為松江洶洶渾渾溶溶洋洋孤峯連嶂七十有二眇若散螺黛于微茫五湖之中大曰包山風穴晝暝霜林夏寒暮烟屯其疊翠冬寔纍其錯丹麟鶴之所憩蛟鼉之所淵山中之人忘世與年條桑縹緲之下採石明月之灣（包山有縹緲峯明月灣）艸衣木茹泊若追羲盤而與還江流之窮是則歸墟王百谷于一吸環齊州于一區大鵬奮翅于泱漭燭龍洗光于咸虞由江而下二百餘里布帆無恙尚可以朝海門而暮方壺雖然善賈

者據其會善摶者擬其吭方趣南而遺北既西圖而失方今予將攬衆物之會莫若遐觀乎中央惟是江湖之接二州相望散荒墟于垤塊識斷岸于毫芒嘗試與子至中流而四顧陰霾鬱興不辨雲水天高日出萬頃在目者五湖也岡岫相屬如走如伏澒濛突兀乍見乍失者包山也擁松江之上流窮海道于一葦時矯首而斯盡固可以訪漁樵而種魴鯉亦優游而卒歲矣吾子以為何如子皮曰然務外游者有時樂内觀者無窮吾方以日月為燭六合為宮參天地以為友從四海之諸公

乘雲氣御飛龍捐包山于遺礫視五湖于一鍾松江之勝又安能芥蔕于胸中乎

後松江賦　前人

程子既為松江賦假鴟夷子皮設亡是叟以為詞是夜夢有夫傾然而長黧色而修髯叩舷而稱曰松江之勝吾子之辭侈矣然子亦聞吳越之遺事乎唯而荅曰長橋卧波截江之衝飛欄疊架排霧横空萬景所會而垂虹屹立乎其中吾嘗登垂虹頋二渚尚想夫霸國之争雄方其踐忍烏喙差耕石田禍起腋下謀悟机先則吳軍

江北越軍江南殺氣朝合軍聲夜嚴銜枚北渡奮爲兩
翼方風馳而霧障頓雷轟而電激吴卒靡潰江流赭赤
畢夫椒之世仇償會稽之膽食于此蓋夫子之雄績廼
自太湖過横山辭越來之溪登姑胥之臺弔亡國于游
鹿指血化于黄埃挽艅艎而凌江卷旌旗而南歸則夫
子于此退身行意揖勾踐而長辭與夫夐犯之貪天子
推之獨賢歌龍蛇而激憤塊然而與喬木偕蟠者不可
同日而言矣閶者五季棼亂錢鏐崛興蘇據都會乃淮
淛之必争徐約先拔孫儒繼焚彼得之不能以歲月守

我守之不能以歲月寧則江之兩淮相爲二城鎮威武之右境遏淮南之寇兵實用武者之所憑吳江錢氏謂之南北兩城所防遏版圖入朝置爲縣治畫井疆設群吏阜畝碁列居廬鱗次帶以千尺之橋捍以百里之塘舟輿所通樓觀相望曾城邑之幾時翳喬木之蒼蒼矣吾嘗嘆曰一江方東雖逝不流閱世事之萬變去莫知其所遯而來莫知其所由今之松江其昔之松江耶抑夜半之藏舟失俯仰于萬世盡賢愚于一丘夫子亦嘗弔抉眼之忠魂而訪伏劍者之靈游不乎子皮不對頤爲西子援琴而

歌〻曰霰雪紛兮雲霏〻帶長鋏兮佩宝珞而子安適而
不歸歲晼晚而將暮兮路既擁而中迷嗟二子之不返
折疏麻而搴杜若羌搖〻其遺誰餘音未息藹然而覺
棹頭載歌付千古于一笑

○○夜渡吳松江懷古二首　宋之問

宿帆震澤口曉渡松江濆棹撥魚龍氣舟銜鴻雁群信
潮頓覺滿暗浦稍將分氣赤海生日光搖湖起雲水鄉
盡天衛嘆息為吳君謀士伏劍死至今悲所聞
倚棹望茲川銷魂獨黯然鄉連江北樹雲斷日南天劍

別龍初沒書成雁不傳離舟意無限催渡復催年

○○吳松江　　劉長卿

多年樸被玉山岑鬢雪欺人忽滿簪駑馬雖然貪短豆野麋終是憶長林鱸魚未得乘歸興鷗鷺唯應侶此心見說新橋好風景會須臨月濯煩襟

前題　　張懷

洞庭初葉落孤客不勝愁明月天涯夜青山江上秋一官成白首萬里寄滄洲久被浮名繫能無愧海鷗

前題　　許渾

候館人稀夜更長姑蘇城遠樹蒼〻江湖水落高樓迥
江漢秋歸廣殿涼月轉碧梧移鵲影露低紅草濕螢光
文園詩侶應多思莫醉笙歌掩華堂

○○夜泊　杜牧

清露白雲明月天與君齊棹木蘭船風波烟雨一相失
夜泊江頭心渺然

○○松江亭携樂觀魚　白居易

震澤平蕪岸松江落葉波在官常夢想為客始經過水
面排罾網船頭簇綺羅朝盤膾紅鯉夜燭舞青娥雁斷

知風急潮平見月多繫絲與促管不解和漁歌

泊震澤口　　薛　據

日落草木陰舟徒泊江汜蒼茫萬象開合沓閬風水迴
沿值漁翁窈窱逢樵子雲開天宇靜月明照萬里早雁
湖上飛晨鐘海邊起獨坐嗟遠遊登岈望長洲零落星
欲盡曈曨氣漸收行藏空自秉知識仍未周伍胥既伏
劍范蠡亦乘流歌竟鼓枻去三江多客愁

泊松江渡　　許　渾

漠漠故宮池月涼風露幽雞鳴荒戍曉雁過古城秋揚

柳北歸路蒹葭南渡舟去鄉今已遠更上望京楼

○○松江早春　皮日休

松陵清淨雪消初見底新安恐未如穩凭船舷無一事分明数得鱠殘魚

前題　陸龜蒙

柳下江飡待好風暫時還得狎漁翁一生無事烟波足惟有沙邊水勃公

○○憶具區　錢昭度

平生愛具區島嶼夾陂湖竹雨蘢灘鷁瀨鷗花烟湿鷓鴣神

仙疑有宅魚鼈自為都何事劳長想机雲本是吴人

○○送裴如晦宰吴江　梅尭臣

吴江田有粳丶好春作雪吴江下有鱸〻肥鱠堪切炊粳調橙虀飽食不為飱月從洞庭来光映寒湖凸長橋坐虹背衣湿霜未結四碩無纖雲魚跳明鏡裂誰與子同遊去若秋鷹掣

○○又憶吴松江

念昔西歸時晚泊吴江口囬隄遡清風淡月生古柳夕鳥自遠来漁舟猶在後當時誰與同渧憶泉下婦

除夜宿垂虹亭　　蔡肇

東南勝處未忘情，老去扁舟復此行。小邑歲除無市井，下田水落見農耕。雪消西嶺層梭出，春到重湖鱗甲生。橋下霜蛟貪睡美，爲槌千鼓作雷聲。

王禹偁四詠

中郎亭樹據江鄉，雅稱詩翁賦卒章。蓴菜鱸魚好時節，曉風斜日舊烟光。一杯有味功名小，萬事無心歲月長。安得便拋塵網去，釣舟閒泊西欄傍。

二年爲吏住江濱，重到江頭照病身。滿眼碧波輸野鳥

一蓑踈雨属漁人隨船曉月孤輪白入座晴山數點春
張翰精靈應咲我緑袍依舊惹埃塵

登臨陡覺挹塵埃時有清風颯滿懷螮蝀一條連古岸
玻璃萬頃自天来寒光浩渺輕烟濶緑玉参差遠岫排
南指閶山猶萬里遠人歸興正無涯　登江亭

帶蓬踈薄漏斜陽半日孤吟未過江惟有鷺鷥知我意
時々翹足對船窓　汎吳松江

陳克佐

平波渺々烟蒼々菰蒲才熟楊柳黄扁舟繫岸不忍去

秋風斜日鱸魚鄉

游松江　　　　蔣　堂

江人見我謂誰何行李無羈野意多六幅青帆趁潮去
一樽白酒扣舷歌沙邊歷〻辨雲樹島外溅〻美月波
興盡歸来還更喜飛鷗相送入烟蘿
曙光東向欲朧明漁艇縱横映遠汀濤面白烟荒落月
嶺頭殘曉混疏星鳴榔莫觸蛟龍睡舉網時聞魚鱉腥
我實宦游無況者擬来隨爾帶笭箵　長橋觀魚
月晃長江上下同画橋横截冷光中雲頭灔〻開金餅

水面沉、卧彩虹佛氏解為銀色界仙家多住玉壺中地雄景勝言不盡但欲追隨乘曉風　中秋對月

蘇軾

吳越溪山興未窮强扶衰病過垂虹浮天自古東南水送客今朝西北風絶境自忘千里遠勝遊難復五人同舟師不會留連意擬看斜陽萬頃紅

二子緣詩老更窮人間無處吐長虹平生睡足連江雨盡日舟横擘峴風人笑老年三點慣天教吾輩一樽同知君欲寫長相憶更送銀盤鬓亂紅

長橋二首　　　　　　　　　　楊　倫

漁市花村夾酒樓山光沉碧水光浮松陵雨過船中望一道青虹兩岸頭

松陵水國面松江學弄漁竿對酒缸驚起勼央是旗鼓背帆飛去一雙雙

松江謁王文孺令宰　　　　　　　　　章　憲

暑退涼生過雨天晃飛鷺浴暮江前秋風小浪鴨頭水斜日輕帆燕尾船青眼却欣逢地主白頭相對聳詩肩林塘勝處開樽俎只欠氷輪特地圓

長隄牽百丈舴艋泝清漪山與殘霞暝水将秋色宜江
寒征雁度天遠暮帆遲騰欲浮家去烟波學子皮

●松江在郡南四十五里禹貢三江之一也今按松江
南與太湖接吴江縣在江漬垂虹跨其上天下絶景也

交讓瀆在羅城之東北隅　楊備

琴丁結友事耕耘田熟翻如虞芮君彼此持廉為棄物
一名交讓兩難分

女墳湖　皮日休

萬貴千奢已寂寥可憐幽憤為誰嬌須知韓重相思骨

直在芙蓉向下梢

同題　　　　　　　　陸龜蒙

水平波淡遶回塘鶴殉人沉萬古傷應是離魂双不得
至今沙上少鴛鴦

○吳女墓在閶門外闔閭女曰滕玉王與夫人及女會
食蒸魚王前嘗半而與女女怒曰王食魚辱我乃自
殺闔閭痛之葬于國西閶門外鑿池積土文石為槨
題湊為中以金鼎玉杯銀樽珠襦之宝送女乃舞白
鶴于吳市中令民随而觀之使男女與鶴俱入羡門

因發机以掩之殺生以送死國人非之又取土時其地為湖號女墳湖吴地記曰吴王葵女取土成湖

越来溪　　　楊備

臨流何必弔前非且説吴宫得意時夹岸桃花烟水綠画船安稳載西施

○越来溪在横山下與在湖連相傳越兵入吴時自此来故名溪上有越城雉堞宛然

夏駕湖　　　前人

湖面波光鑑影開綠荷紅芰遶楼臺可憐風物還依舊

曾見吴王六馬来

○夏駕湖在吴縣西城下吴王壽夢避暑駕游于此故名今城下但存外濠即漕河也湖西悉為民田不復有湖民猶于湖之傍種菱〻甚美謂之夏駕湖菱

○○至和塘記　丘與權

吴城東闉距崑山縣七十里俗謂之崑山塘北納陽城湖南吐松江由隄防之不立故風波相憑以馳突廢民田以瀦魚鱉其民病賦入之侵蝨相從以逋徙奸人緣之以邀劫行旅通鹽賈以自利吏莫能禁父老相傳自

唐至今三百餘年欲有所營作而弗克也有宋至道二年陳令公之守蘇嘗與中貴人按行之邑人朱珏父子相繼論其事為州縣者亦繼經度之皆以横絶巨浸費用十數萬緡中議而沮皇祐中發運使許公建言蘇之田膏腴而地下嘗苦水患乞置官司以畎澮之請令舒州通判殿中丞王安石先相視焉朝廷從之王君既至從縣吏拏荒梗浮傾沮訊其鄉人盡得其利害度長繩短順其故道施之畚繪疏曰請議如許公朝廷未之行也至和初今太守呂公既下車問民所疾苦蓋有意于

疏導矣明年與權爲崑山主簿始陳五利一曰便舟楫二曰闢田疇三曰復租税四曰止盜賊五曰禁奸商其餘所濟非可以勝擬期約古制役民以興作經費寡而售效速若其不成請以身塞責既而令錢君復言之太守嘗念所以興利之計喜其謀之協從于是列而上聞其副以決于監司乃誡庸力經遠迺興屯舍宿餼薪既成以授有司郡相元君寔揔之粤十月甲午治役先設其外防以遏其上流立横埭以限之乃自下流浚而决焉畚鍤所至皆于平陸其始戒也猖風虓霾迅雷驟雨

乃用牲于神至癸巳夜半雨息迨明休霽以卒其役人皆以爲有相之者始計月餘蓋旬有九日而成深五尺廣六十尺用民力才一十五萬六千工費民財若干貫米才四千六百八十石爲橋梁五十二蒔榆柳五萬七千八百其貳河植茭蒲芙渠稱是計其入以爲修完料民之餘治小虞自嚴村至于鰻鰲瀼治新洋江自朱歷至于清港治山塘自山南至于東浚諸涇六十四浦四十四塘六于是陽城諸湖瀼皆通而及江田無洿瀦民不病涉矣初治河至唯亭得古閘用柏合抱以爲楹蓋古渠

況今深數尺設塘者以限松江之潮勢耳脊舊莫能詳之乃知昔無水患由隄防之廢則有之嗚呼爲民牧者因循而至此乎是役也自城東走二十里曰任浦崑山治其東長洲治其西以俗名非便于是論請更之曰至和識年號也建亭曰乙未紀歲功也太守嘉其有成謂與權實區〻于其間其言必詳命之爲記嘉祐六年十二月立于乙未亭

○至和塘舊名崑山塘從古爲湖瀼多風濤本朝至道皇祐中嘗議興修不果至和二年始修治成塘遂以

年號名崑山主簿丘與權記甚詳今採載之

○沈氏筆談

詳沈氏所記蓋至和塘既成于至和二年立石其間瀆水道已成塘陸塗尚未備至是始備岸未及成後郟亶謂至和塘所以不踰一二年而壞也蓋丘與權塘記雖作于至和二年立石乃嘉祐六年或是新塘成之時也

○沈氏筆談云至和塘自崑山縣達于婁門凡七十里自古皆積水無陸路民若病涉久欲為長堤抵郡城澤國無處求土嘉祐中人有獻計就水中以蘧蒢為

墻栽西行椿去三尺去墻六丈又為一墻亦如此漉
水中淤泥寘蘧蒢中候乾則以水車戽去西墻間舊
水墻間六丈皆留半以為堤脚掘其半為渠取土以
為堤每三四里則為一橋以通南北之水不日隄成
至今為利

○○六失六得　郟亶

所謂六失者一曰水性就下蘇東枕海北接江但東開浚
崑山之張浦茜涇七丫三塘而導諸海北開常熟之許
浦白茅二浦而導諸江殊不知此五處者去水皆遠百

餘里近亦三四十里地形頗高〻者七八尺方其水盛
時決之則或入江海水稍退則向之欲東導于海者反
西流欲北導于江者反南下故自景祐以來屢開之而
卒無効也二曰蘇之厭水以其無隄防也故崑山常熟
吳江皆峻其隄岸設官置兵以巡治之是不知塘雖設
而水行于隄之两傍何益乎治田故徒有通往來禦風濤
之小功而無衛民田去水害之大效三曰書云三江既
入震澤底定今松江在其南可決水而同歸于海崑山
之下駕新洋大虞小虞朱塘新瀆平樂戴墟等十餘浦

是也殊不知諸浦雖有決水之道未能使水之必洩于江也何則水方汗漫與江俱平雖大決之而隄防不立適足以通潮勢之衝急增風波之洶怒耳四曰蘇州之水自常州来古者設望亭堰所以禦常州之水使入太湖不爲蘇害謂望亭之堰不當廢也殊不知蘇聚數郡之水而常居其一常之水數路而望亭居其一豈一望亭之水而能爲蘇之患耶故望亭堰廢則常被其利而蘇未必有害存之則蘇未必利而常先被害矣故治蘇州之水不在乎望亭堰之廢否也五曰蘇水所以不泄者以

松江盤曲而決水遲也古之曲其江者所以激之而使深也激之既久其曲愈甚故漕使葉内翰開盤龍匯沈諫議開顧浦謂松江之曲若今槎浦及金竈子等浦皆可決也是說僅爲得之但未知蘇之水與江齊平決江之曲者足以使江之水疾趍于海而未能使田之水必趍于江也六曰蘇本是江海陂湖之地謂之澤國自然當漫然容納數州之水不當盡爲田也故國初之税才十七八萬石今乃至于三十四五萬石是障陂湖而爲田之過也是說最爲疎闊殊不知國初之逃民未復今乃

盡爲編戶稅所以昔少而今多也借變使湖爲田增十七八萬爲三十四五萬乃國之利何過之有且今蘇州除太湖外止有四湖常熟有昆城二湖崑山有陽城湖長洲有沙湖是四湖者自有是名而其瀾畧不過十餘里其餘若崑山之所謂斜塘大泗黃瀆夷亭高墟巴城雉城武城菱家江家柏家鰻鯬等瀼及常熟之市宅碧宅五衢練塘等村長洲之長蕩黃天蕩之類皆積水而不耕之田也其水之深不過五尺淺者可二三尺其間尚有古岸隱見水中俗謂之老岸或有古之民家階甃之遺

趾在焉故其地或以家或以城或以宅爲名嘗求其契券以爲驗云皆全税之田也是皆古之良田而今廢之爲耳已上六說者皆執一偏之說而未能通其理也必欲治之固當去其六失行其六得曰辨地形高下之殊求古人蓄洩之跡治田有後先之宜興役順富貧之便取浩博之大利舍姑息之小恩也一何謂地形高下之殊曰蘓州五縣號爲水田其寔崑山之東接于海之堽隴東西僅百里南北僅二百里其地東高而西下向所謂東導于海而水反西流者是也常熟之北接于江之漲沙南

北七八十里東西僅二百里其地皆北高而南下向所謂欲北導于江而水反南下者是也是二處者皆謂之高田而其崑山堽身之西抵于常州之境僅一百五十里常熟之南抵于湖秀之境僅二百里其地低下皆謂之水田高田者常欲水今水乃流而不蓄故常患旱也唯若景祐皇祐嘉祐中則一大熟耳水田者常患水今西南既有太湖數州之水而東北又有崑山常熟二縣堽身之流故常患水也唯若康定至和中則一大熟耳但水田多而高田少水田近于城郭爲人所見而税復重高田遠于城郭

人所不見而稅復輕故議者唯知治水而不知治旱也
二何謂古人蓄泄之跡曰今崑山之東地名太倉俗號堽身
堽身之東有一塘焉西徹松江北過常熟謂之橫瀝又
有小塘或二里或三里貫橫瀝而東西流者多謂之門
若所謂錢門張堽門沙堰門吳堽顧廟堽下堽李堽門
及斗門之類是也夫南北其塘則謂之橫瀝東西其塘
則謂之堽門堰門斗門者是古者堰水于堽身之東灌
溉高田而又為堽門者恐水之或壅則決之入橫瀝所
以分其流也故堽身之東其田尚有丘畝經界溝洫之

跡存焉是皆古之良田因堽門壞不能蓄水而爲旱田耳堽門之壞豈非五代之季民各從其行舟之便而廢之耶此治高田之遺跡也若夫水田之遺跡即今崑山之南向所謂下駕小虞等浦者皆決水于松江之道也其浦之舊跡濶者二十餘丈狹者十餘丈又有横塘以貫其中而棊布之是古者既爲縱浦以通于江又爲横塘以分其勢使水行于外田成于内有圩田之象焉故水雖大而不能爲田之害必歸于江海而後已以是推之則一州之田可知矣故蘇州五門舊皆有堰今俗呼

城下為堰下而齊門猶有舊堰之稱是則隄防既完則水無所瀦容設堰者恐其暴而流入于城也至和二年前知蘇州呂侍郎開崑山塘而得古閘于夷亭之側是古者水不亂行之明驗也及夫隄防既壞水亂行于田間而有所瀦容故蘇州得以廢其堰而夷亭亦無所用其閘也為民者因利其浦之闊攘其旁以為田又利其行舟安舟之便決其隄以為涇今崑山諸浦之間有半里或一里二里而為小涇命之為某家涇某家浜者皆破古隄而為之也浦日以壞故水道湮而流遲涇日以

多故田隄壞而不固日隳月壞遂蕩然而爲陂湖矣此古人之跡也今秀州瀕海之地皆有堰以蓄水而海盐一縣有堰近百餘所湖州皆築隄于水中以固田而西塘之岸至有高一丈有餘者此其遺法也獨蘇州壞之耳三何謂治田有先後之宜曰地勢之高下既如彼古人之遺跡又如此今欲先取崑山之東常熟之北凡所謂高田者一切設堰瀦水以灌溉之又浚其所謂經界溝洫使水周流于其間以浸潤之立堰門以防其壅則高田常無枯旱之患而水田亦減數百里流注之勢然

後取今之凡謂水田者除四湖外一切罷去其某家涇某家浜之類循古今遺跡或五里七里而為一縱浦又七里或十里而為一横塘因塘浦之土以為隄岸使塘浦濶深而隄岸高厚塘浦濶深則水通流而不能為田之害也隄岸高厚則田自固而水可壅而必趋于江也然後擇江之曲者若所謂槎浦金竈子浦而决之使水必趋于海又宂五堰之遺趾而復之使水不入于城是雖有大水不能為蘇州之患也如此則高低皆利而無水旱之憂然後倣錢氏遺法収畬田之利養撩淺之卒更

休迭役以浚其高田之溝洫與水田之塘浦則百世之
利也四何謂興役順貧富之便曰蘇州五縣之民自五
等以上至一等不下十五萬户可約古制而户借七日
則歲約百萬夫矣又自三等以上至一等不下五千户
可量其財而取之則足以供萬夫之食與其費矣夫借
七日之力故不勞量取財于富者故不匱以不勞不匱之
役五年而治之何田之不可興也五何謂取浩博之大
利曰蘇州之地四至餘三百里若以開方之法而約之
尚可方二百餘里爲田六同有畸三分去一以爲溝池

城郭陂湖山林其餘不下四同之地爲三十六萬夫之田又以上中下不易再易而去其半當有十八萬夫之田常出租稅也國朝之法一夫之田爲四十畝出米四石則十八萬夫之田可出米七十二萬石矣今蘇州止有三十四五萬石借使全熟則常失三十四万石之租又況因水旱而蠲除者歲常不下十餘万石而甚者或蠲除三十餘萬石是則遺利不少矣今或得高低皆利而水旱無憂則三四十萬之稅必可增也公家之利如此則民間從可知矣六何謂舍姑息之小惠曰是議之

興或者必曰向者蘇州或治一浦或調一縣而役一月則民勞且怨矣今欲盡一州之境役五縣之民五年而治之其工力盖百倍于向時是役未興而數千百萬之民已嗷〻矣非養民之道也曰向者之興役也多興於大水方盛之際是時公私匱乏疾癘間作故民勞且怨也今或于平歲無事之時借力以成利何勞怨之有傳曰使民以時又曰以佚道使民雖勞不怨又曰悅以使民〻忘其勞是雖至治之世未嘗不役民以使之也唯近世不求所以養之〻道使躋于富庶但務其姑息之末

使至于飢餓而不能相生然後又從而賙之故上愈乏
而下益困有可以除數百年未去之患興數百里無窮
之利使公私皆獲其益豈可區區計國家五載之勞惜百
姓七日之力耶

熙寧三年崑人郟亶自廣東机宜上奏以謂天下之
利莫大于水田水田之美莫過于蘇州然自唐末以
來經營至今終未見其利者其失有六今當去六失
行六得

昔有論古人治低田高田之法者謂禹之時震澤爲患東有

堙阜以隔截其流禹乃鑿斷堙阜流爲三江東入于海而震澤始定始定雖定于環湖之地尚有二百餘里可以爲田而地皆卑下猶在江水之下與江湖相連民既不能耕植而水面又復平闊足以容受震澤下流使水勢散漫而三江不能疾趨于海其沿海之地亦有數百里可以爲田而地皆高仰反在江水之上與江湖相遠民既不能取水以灌溉而地勢又多西流不得蓄聚春夏之雨澤以浸潤其地是環湖之地常有水患而沿海之地當有旱災如之何而可以種藝耶古人遂因其地勢

之高下井之而為田其環湖卑下之地則于江之南北為縱浦以通于江又于浦之東西為横塘以分其勢而棊布之有圩田之象焉其塘浦闊者三十餘丈狹者不下二十餘丈深者二三丈淺者不下一丈且蘇州除太湖之外江之南北别無水源而古人使塘浦深闊若此者蓋欲取土以為隄岸高厚足以禦其湍悍之流故塘浦因而闊深水亦因之而流耳非耑為闊其塘浦以決積水也故古者隄岸高者須及二丈低者亦不下一丈借令大水之年江湖之水高于民田五七尺而隄岸尚

出於塘浦之外三五尺至一丈故雖大水不能入于民田也民田既不容水則塘浦之水自高于江而江之水亦高于海不煩決瀉而水自湍流矣故三江常浚而水田常熟其堽阜之地亦因江水稍高得以畎引以灌溉此古人浚三江治低田之法也所有沿海高仰之地近于江者既以江流稍高可以畎引近于海者又有早晚兩潮可以灌溉故亦于沿海之地及江之南北或五里七里而為一縱浦又五里七里而為一橫塘港之闊狹與低田同而其深往〻過之且堽阜之地高于積水

處四五尺至七八尺遠于積水之處四五十里至百餘里固非決水之道也然古人為塘浦濶深若此者盖欲畎引江海之水同流于堽阜之地雖大旱之歲亦可車畎以溉田而大水之歲積水或從此而流洩耳非專為濶深其塘浦以決低田之積水也至于地勢西流之處又設堽門斗門以瀦蓄之是雖大旱之歲堽阜之地皆可耕以為田此古人治高田蓄雨澤之法也故低田常無水患高田常無旱災而數百里之地常獲豐熟此古人治低田旱田之法也二論後世廢低田高田之法者

古人治田高下既皆有法方是時也田各成圩〻必有長每一年或二年率逐圩之人修築隄防浚治浦港故低田之隄防常固旱田之浦港常通也

○古之田雖各成圩然所名不同或謂之段或謂之圍今崑山低田皆沉在水中而俗呼之名猶有野鴨段大泗段湛段及和尚圍盛熟圍之類至錢氏有國而尚有撩清指揮之名者此其遺法也泊乎年紀綿遠古法隳壞其水田之隄防或因田户行舟及安舟之便而破其圩

古者人户各有田舍在田圩之中浸以為家欲其行舟之便乃鑿其圩岸以為小涇小浜即臣昨来所陳某家涇某家浜之類是也説者謂浜者安船溝也涇浜既小隄岸不高遂至壞却田圩都為白水也今崑山柏家瀼水底之下尚有民家階甃之遺趾此古者民存圩中住居之舊跡也今崑山富户如陳顧陶辛晏沈等田舍皆在田園之中每至大水之年亦是外水高于田舍數尺此今人在田圩中作田舍之驗也或因人户請射下脚而廢其隄或因官中開淘而減少

丈尺

○臣少時見小虞浦及至和塘並濶三二十丈累經開淘之後今小虞浦只濶十餘丈至和塘只濶六七丈此目所覩也

或因田主只收租課而不修隄岸或因租户利于易田而故致渰没

○吴人以一易再易之田謂之曰塗田所收倍于常稔之田而所納租米亦依舊數故租户樂于間年渰没也

或因決破古隄張捕魚蝦而漸致破損或因邊圩之人不肯出田與衆做岸或因一圩雖完傍圩無力而連延隳壞或因貧富同圩而出力不齊或因公私相吝而因循不治故隄防盡壞而低田漫然復在江水之下也每春夏之交天雨未盈尺湖水未漲二三尺而蘇州低田一抹盡為白水其間雖有隄岸亦皆狹小沉在水底不能固田唯大旱之歲常潤杭秀之田及蘇州堽阜之地並皆枯旱其堤岸方始露見而蘇州水田幸得一熟耳蓋因無隄防為禦水之先具也民田既容水故水與江

平江與海平而海潮直至蘇州之東一二十里之地反與江湖民田之水相接故水不能湍流而三江不浚

○臣伏覩昨来議狭汴河者詔汴河濶處水面散漫不至深快故汴河淤澱今蘇州水面動連一二百里而太湖之水又不及黄河之湍迅而欲三江之不淤不可得也

今二江已塞而一江又淺倘不完復隄岸驅低田之水盡入于松江而使江流湍急但恐数十年之後松江愈塞震澤之患不止于蘇州而已也此低田不治之由也其

高田之廢始由田法隳壞民不相率以治港浦，既淺地勢既高沿于海者則海潮不應沿于江者又因水田隄防隳壞水得潴聚于民田之間而江水漸低故高田復在江水之上至于西流之處又因人戶利于行舟之便壞其堽門而不能蓄水故高田一望盡為旱地每至四五月間春水未退低田尚未能施工而堽阜之田已乾枯旱矣唯大水之歲湖秀二州與蘇州之低田渰沒淨盡則堽阜之田幸得一大熟耳此盖不浚浦港以畎引江海之水不復堽門以蓄聚春夏之雨澤也此高田廢之

之由也故蘇州不有旱災即有水患但水田多而旱田
少水田近于城郭為人所見而税復重旱田遠于城
郭為人所不見而税復輕故議者只論治水而不論治
旱也三論自來議者只知決水不知治田蓋治田者本也
本當在先決水者末也末當在後今乃不治其本而但
攻其末故自景祐以來上至朝廷之縉紳下至農圃之
匹夫謀議擘畫三四十年而蘇州之田百未治一二此
治水之失也惟嘉祐中兩浙轉運使王建議謂蘇州民
間一㬎曰水至深處不過三尺以上當復修作田位使位

位相接以禦風濤則自無水患若不修作塍岸縱使決盡
河水亦無所濟此說最為切當又緣當時建議之時正
值兩浙治水連年無效不知大段擘畫令官中逐年調
發夫力更互修治及不曾立定逐縣治田年額以辦不
辦為賞罰之格而止令逐縣令佐槩例勸導逐位植利
人戶一二十家自作塍岸各高五尺緣民間所鳩工力
不多盖不能齊整借令多出工力則各家所収之利不
償其所費之本兼當時都水監立下官員賞典不重故
上下因循未曾併聚公私之力大段修治臣今欲檢會

王安石所陳利害却將臣下項擘畫修築隄岸以固民田則蘇州水災可計日而取効也議者謂曩年吴及知華亭縣常率逐段人户各自治田亦不曾煩費官司而人獲其利今可舉用其法以治蘇州水田不須重煩官司也曰蘇州水田與華亭不同華亭之田地連堽阜無暴怒之流浚河不過一二尺修岸不過三五尺而田已大稔矣然不踰三五年間尚有湮塞今蘇州遠接江湖水常暴怒故崑山常熟吴江三縣隄岸高者七八尺低者不下五六尺或用石甃或用椿篠或二年一治或年

年修葺而風濤沖激動有毀壞今若以華亭之法而治之或水退之後一二年間暫獲豐稔蓋不可知求其久遠之効則不可得也夫以華亭之法而治蘇州之高田則可矣若治蘇州水田譬諸以一家之法而治一國也其規模法度則近之至于措置施設之法則小大不可同也貽黄自來人所議欲開通諸大浦盧瀝浦松江諸滙并決水入江陰軍等亦皆治水之一説但隄防未立行之無功候隄防既成之後前項諸説又不可不行蓋水勢湍急却要諸處分減水勢故也故曰治田者先也

決水者後也臣今窮究得古人治田之本委可施行若
令臣先往兩浙相度不過訪之于諸縣官吏考之于諸
鄉父老而已況諸縣官吏乍來倏去不若臣之生長鄉
里世為農人備知利害也父老之智未必過于范仲淹
葉清臣況范仲淹葉清臣尚不能窺見古人治田之跡
父老安得而知伏望令臣畧到司農寺陳白委曲不至有
誤朝廷候勅旨四論今來乞以治田為先決水為後田
既先成水亦從而可決不過五年而蘇州之水患息矣
然治河之法若摠而論之則汙漫難行析而言之則簡

約易治何也今蘇州水田之最合行修治處如前項所陳南北不過一百二十餘里東西不過二百里今若于上項水田之内循古人之跡五里而為一縱浦七里而為一横塘不過為縱浦二十餘條每條長一百二十餘里横塘十七條每條長一百餘里共計四千餘里每里用夫五千人約用二千餘萬夫

○至和中開崑山塘每里用夫二千五百人塘面濶六丈底濶四丈深四尺每里積土計三十萬尺分為两岸每岸底只濶一丈四五尺面只濶四五尺高不及六

七尺故不踰一二年又至隳壞
故曰揔而言之則汗漫而難行也今且以二千萬夫開河
四千里言之分爲五年每年用夫四百萬開河八百里蘇
秀常湖四州之民不下四十萬三分去一以爲高田之
民自治高田外尚有二十七萬夫每夫一年借倩半月
計得四百餘萬夫可開河八百里却以上項四百餘萬
夫分爲十縣逐縣每年常夫四十萬開河八十里以四
十萬夫分爲六箇月逐縣每月計役六万六千餘夫開
河十三里有零以六万六千夫分爲三十日則逐縣每

日只役夫二千二百人開河一百三十二步將三千二百人又爲兩頭項只役一千二百人開河六十六步雖縣有大小田有廣狹民有衆寡及逐日所開河溝所役夫數多少不同大率治田多者頭項多治田少者頭項少雖千百頃可以一頭項盡也臣故曰析而論之則簡約而治易也如此而治之三年之内蘇州與鄰州之水田殆亦盡矣塘浦既浚矣隄防既成矣則田之水必高于江江之水必高于海然後擇江之曲者而決之及開盧瀝浦皆有功也何則江水湍流故也故曰治田者先

也決水者後也江流既高美然後又究五堰之遺趾而復之使水不入于城是雖有大水不能為蘇州之患也此治水田之大畧也

○昔有七堰今復五堰者今只有五門故也蘇州設堰固亦舊矣劉著作嘗引白居易九日蘇州登高詩云酒酣憑檻起四顧七堰八門六十坊是唐之世已有堰矣至端拱三年轉運使喬維岳方始廢之蓋隄防既壞水得瀦容于民田之間水勢稍低故可廢其堰也

其旱田則乞用上項一分之夫以浚治港浦以畎引江海之水及設堰門以瀦春夏之雨澤則高低皆治而水旱無虞矣五論乞循古人之遺跡治田者昨臣所乞蘇州水田一節罷去某家涇某家浜之類五里七里而為一縱浦七里十里而為一横塘因塘浦之土以為隄岸使塘浦闊深而隄岸高厚塘浦闊深則水流通而不能為田之害隄岸高厚則田自可固而水流必趋于江今具蘇州秀州及沿江沿海水田旱田見在塘浦港瀝堰門之數凡臣所能記者揔七項共二百六十五條并臣擘

畫将来治田大約各附逐項之下謹具下項一具水田塘浦之跡凡四項共一百三十二條一吴松江南岸自北平浦北岸自徐公浦西至吴江口皆是水田約一百二十餘里南岸有大浦二十七條北岸有大浦二十八條是五里而為一縱浦之跡也其横塘在松江之南首臣不能記其名在松江之北六七里曰浪市横塘又下北六七里而為至和塘是七里而為一横塘之跡也松江南大浦二十七條北平浦破以浦艾祁浦愢浦頋滙浦養蚕浦大盈浦南解浦梁乾浦石𠙚浦直浦分桑浦

内薰浦趙屯浦石浦道褐浦千墩浦錐浦張潭浦陸直
浦甫里浦浮高浦塗頭浦大姚浦順德浦破墩浦盆頭
浦松江北大浦二十八條徐公浦北觧浦尾浦沈浦蔣
浦三林浦周浦顧墓浦金城浦木瓜浦蔡浦下駕浦浜
浦洛舍浦楊黎浦新洋浦淘仁浦小虞浦大虞浦馬仁
浦浪市浦尤涇浦下里浦戴墟浦上顧浦青丘浦奉里
浦任浦松江北横塘二條浪市横塘至和塘已上松江
塘浦五十七條並當松江之上流皆是闊其塘浦高其
隄岸以固田也只因久不修治遂至隳壞每遇大水上

項塘岸浦之岸並在水底不能固田議者不知此塘浦元有大岸以固田乃謂古人浚此大浦只欲洩水此不知治田之本也臣今擘畫並當後治其浦修成隄岸以禦水災不須遠治他處塘浦求決積水而田自成矣一至和塘自崑山西至蘇州計六十餘里今其南北兩岸各有大浦十二條是五里而為一縱浦之跡也其横浦南六七里而有浪市塘是也其北皆為風濤洗刷不見其跡臣前所謂至和塘徒有通往来禦風濤之小功而無衛民田去水患之大利者謂至和塘南北縱浦皆廢也横塘亦

廢也謹具下項至和塘南大浦十二條小虞浦大虞浦尤涇浦新瀆浦平樂浦戴墟浦真義浦朱塘浦界浦鳳凰涇任浦蠡塘至和塘北大浦十二條小虞浦大虞浦尤涇浦高墟浦雍里浦諸昌涇界浦任浦上雉瀆下雉瀆蠡塘官瀆橫塘在南者曰浪市塘已具松江項內更不再出在北者皆廢已上至和塘西岸塘浦二十四條在塘北者今猶有其名而或無其跡在塘南者雖存其迹而並皆狹小斷續不能固田其間南岸又有朱涇王村涇北岸又有司馬涇李涇周涇小蕭涇大蕭涇歸涇

吳涇清涇譚涇褚涇楊涇之類皆是民間自開私浜即臣向所謂某家涇某家浜之類是也今並乞廢罷只擇其浦之大者濶開其塘高築其岸南修起浪市塘橫北則或五里十里爲一橫塘以固田自近以及遠則良田漸多白水漸狹風濤漸小矣一常熟塘自蘇州齊門北至常熟縣一百餘里東岸有涇二十一條西岸有涇十二條是亦七里十里而爲一橫塘之跡也但目今並皆狹小非大段塘浦蓋古人之橫塘隳壞而百姓侵占及擅開私浜相雜于其間即臣所謂某家涇某家浜之類是

也謹具目今兩岸涇浜之名下項常熟塘東橫涇二十一條闕墓涇楊涇米涇樊涇蠡涇南湖涇北湖涇朱涇永昌涇茅涇薛涇界涇吴塔涇尚涇川涇黄土涇圃涇廟涇卞莊涇新橋涇黄母涇常熟塘西橫涇十二條石師涇楊涇黄婆涇高姚涇蘇宅涇蠡涇皮涇廟涇永昌涇野長涇譚涇墓門涇已上常熟塘兩岸橫涇三十三條蓋記其畧耳今但乞廢其小者擇其大者深開其塘高修其岸除西岸自劈畫為圩外其東岸合與至和塘北及常熟縣南新修縱浦交加棊布以為圩自近以及

遠則良田漸多白水漸狹風濤漸小矣一崑山之東至太倉堽身凡三十五里兩岸各有塘浦七八條是五里而爲一縱浦之跡也其横塘在塘之南六七里而爲朱瀝塘張湖塘郭石塘黄姑塘在塘之北爲風濤所洗刷與諸湖相連不見其跡謹具下項崑山塘南有塘浦七條次里浦新洋江任里浦下駕浦下吴浦上吴浦太倉横瀝崑山塘北有塘浦七條婁縣上塘婁縣下塘新洋江低里浦黄蒴涇上吴塘下吴塘横塘四條朱瀝塘張湖塘郭石塘黄姑塘已上塘瀝十八除新洋江下駕浦曾經

開浚餘並未曾令河底之土反高于田中每遇天
雨稍闕則便不通舟船天雨未盈尺而田盡渰没今並
乞開浚以固田已具下項一具旱田塘浦之跡凡三項
一百二十三條一松江南岸自小來浦北岸自北陳浦
東至海口並是旱田約長一百餘里南有大浦一十八
條北有大浦二十條是五里而為一縱浦之跡也其横
塘之在江南者臣不記其名在江北者七八里而為雖
嗚塘練祁塘是七里而為一横塘之跡也謹具下項松
江南岸有大浦一十八條小來浦盤龍浦朱市浦松子

浦野奴浦張整浦許浦魚浦上嶼浦丁灣浦蘿子浦滬
瀆浦釘鈎浦上海浦下海浦南極浦江芓浦爛泥浦松
江北岸有大浦二十條北陳浦頎浦葉浦大黄肚浦小
黄肚浦童浦樊浦楊林浦上河浦下河浦天仙浦鎮浦新葉浦
槎浦秦公浦双浦大場浦唐童浦青州浦商量灣横塘二條雞
鳴塘練祁塘已上塘浦四十條各自畎引水以灌溉高田只因久不浚
治浦底既高而水又低故逐年常患旱也議者乃謂于此諸浦
決洩蘇州崑山長洲及秀州之積水是未知古人設浦之
意也今當令高田之民治之以備旱灾則高田獲其利

也一太倉堽身之東至茜涇約四五十里凡有南北大
塘八條其橫塘南自練祁塘北至許浦共一百二十餘
里有堽門及塘浜約五十餘條臣能記其二十五條旱
田而橫塘多欲水之周流于其間取灌漑之意也今皆
淺淤不能引水以灌于田謹具下項南北之塘八條太
倉東橫瀝半涇塘青堽橫瀝五家堽橫瀝鴨頭塘支涇
楊墓子涇茜涇東西之塘及堽門等二十五條方秦塘
錢門塘婁塘張堽門薛市門黄姑塘吉涇塘沙堰門太
倉塘包涇古塘吴堽門顧堽門廟堽門岳瀝李堽門丁

堽門湖川門黃涇杜漕塘双鳳塘斣門直塘支塘李墓
塘以上堽身已東塘浜門瀝共三十三條南北者各長
一百餘里接連大浦並當浚治以灌溉高田東西者横
貫三重堽身之田而西通諸湖若深浚之大者則置斣
閘門或置堰而下或水亟遇旱則可以車畎諸湖之水
以灌田大水則可以通放湖水以洩田而分減低田之
水勢于平時則瀦聚春夏之雨澤使堽身之水常高于
低田不須車畎而民田足用一沿海之地自松江下口
南連秀州界約一百餘里有大浦二十條臣今能記其

七條自松江下口北遶崑山常熟之境接江陰界約三百餘里有港浦六十餘條臣能記其四十九條是五里而爲一縱浦之跡也其横塘在崑山則爲八尺涇花涇在常熟則爲福山東横塘福山西横塘謹具下項松江口下南連秀州界有大浦七條三林浦杜浦周浦大凹浦卹瀝浦戚崇浦羅公浦松江口下北遶蘇州崑山常熟縣界至江陰軍界有港浦四十九條北極浦下田浦崛浦上夾浦下練祈浦桃源浦練祈浦顧涇浦六岳浦採桃浦川沙浦下張浦新漕浦茜涇浦楊林浦七了

浦浪港浦北浦尹公浦甘草浦唐相浦陳涇浦錢涇浦
湴湖浦吴泗浦鐺脚浦下六河浦黄浜浦沙營浦白茆
浦金涇浦髙浦許浦塢溝浦千步涇耿涇浦新涇浦水
門浦崔浦鰻鱳浦吴涇髙涇西陽浦新涇陳浦張涇湖
涇奚涇黄泗浦横塘四條八尺涇花莆涇福山東横塘福
山西横塘以上沿海港浦共六十條各是古人東取海
潮北取楊子江水灌田各開入堽阜之地七里十里或
十五里間作横塘一條通灌諸浦使水周流于髙阜之
地以浸潤髙田非耑欲决積水也其間雖有大浦五七

條自積水之處直可通海然各遠三五十里至一百餘里地高四五尺至七八尺積水既被低田隄岸隳壞一時漫流瀦聚于低下平濶之地雖開得上項大浦其積水終不肯遠從高處而流入于海唯大水之年決之則暫或東流耳今不拘大浦小浦並皆淺淤自當開浚東引海潮北引江水以灌田臣所擘畫治蘇州曰至易曉也水田則做岸防水以固田高田則浚塘引水以灌田此衆人所共知也但自來治水者舍常而求異忽近而務遠而反謂做岸固田浚塘引水之説爲淺近而不肯

留意遂因循至此今欲知蘇州水田旱田不治之由觀此篇可見其大畧以上水田旱田塘浦之跡共七項揔二百六十四條皆是古人因地之高下而治之之法也其低田則濶其塘浦高其隄岸以固田其高田則深浚港浦畎引江海以灌田後之人不知古人灌田固田之意乃謂低田高田所以濶深其塘浦者皆欲決洩積水也更不計量其遠近相視其高下一例擇其塘浦之尤大者十數條以決水其餘岸小者更不浚治及興工役動費國家三五十萬貫石而大塘大浦終不能洩水其塘浦之差

小者更不曾開浚也而議者猶謂此小塘小浦亦可泄
水以致朝廷愈不見信而大小塘浦一例槩不浚治積
歲累年而水田之隄防盡壞使二三百里肥腴之地盡
成白水高田之港浦皆塞而使数百里沃衍潮田遂為
荒蕪不毛之地深可痛惜臣切思之上項塘浦既非天
生亦非地出又非神化是皆人力所為也然自國朝統
御以来百餘年間除十数條大者間或浚治外其餘塘
浦官中則不曾浚治今當不問高低不拘大小亦不論
可以決水與不可以決水但係古人遺跡而非私浜者

一切併合公私之力更休迭役旋決修治係低田則高
作隄岸以防水係高田則深浚港浦以灌田其堽身西
流之處又設斗門及堽門或堰閘以瀦水如此則高低
皆治而水旱無虞矣後二項非要切不錄
○亶之書甚多今獨摘其要者錄于此亶既累上其說
五年九月許謁司農寺陳白寺以其說上聞詔以亶
為司農寺丞提領兩浙路興修水利六年亶以其說
鏤板徧下州縣許諸色人等詳合議焉初亶言蘇州
水利其書與畫大抵以為環湖之地稍低常多水沿

海之地稍高常多旱故古人治水之跡縱則有浦橫
則有塘而又有門堰涇瀝而棊布之亶所能記者則
揔二百六十餘所今欲畧循古人之法七里而為一
縱浦十里而為一橫塘又因出土以為隄岸度用十
萬夫水治高田旱治下澤要以五年而蘇州之田治矣
朝廷始得亶書以為可行遂真除司農寺丞令提舉興
修水利亶至蘇興役凡六郡三十四縣比戶調夫同
日舉役轉運提刑皆受約束民以為擾多逃移會呂
惠卿被召言其措置乖方熙寧元年正月一日有旨

郟亶修圩未得興工官吏所見不同各具利害聞奏人皆歡然十五日庭下方張灯吏民二百餘人交入駢庭喧哄斥罵灯悉蹂踐駢門亦破亶幞頭墮地一小兒在傍亦為人所挐前此方盡遣諸縣令出郊標逬圩地至是諸令鳴鐃散衆遂罷役亶追司農寺丞送吏部流内銓

○亶又上治田利害大槩有七一論古人治高田低田之法二論後世廢高田低田之法三論自來議者只知决水不知治田四論今來以治田為先决水為後

五論乞循古人遺跡治田六論若先往西浙相度則議論合七論先詣司農寺陳白則利害易明

吴都文粹卷第五